¿Trabajo o placer? Historias 1-4

Elsa Tablac

Published by Elsa Tablac, 2024.

¿Trabajo o placer?: Historias 1-4
Primera edición: Octubre 2024
Copyright © Elsa Tablac, 2024
Todos los derechos reservados. Quedan prohibidos, sin la autorización escrita del titular del copyright, la reproducción total o parcial de esta obra por cualquier medio o procedimiento, ya sea electrónico o mecánico, el tratamiento informático, el alquiler o cualquier otra forma de cesión de la obra. Si necesita reproducir algún fragmento de esta obra, póngase en contacto con la autora.

Tu muro de hielo

CAPÍTULO 1

CONNIE

Supongo que está en mi naturaleza sonreír. No soy consciente de ello, pero me lo dicen a menudo. Que mi sonrisa es capaz de iluminar una habitación cuando entro en ella. Por eso es una de mis mejores armas.

Y ese día llegué así, sonriendo, a la empresa de Reed Perry, pero al entrar me di cuenta de que nadie parecía notarlo. Era como si una nube gris envolviera a todos los empleados, quienes apenas levantaban la vista de sus pantallas para saludar.

Mi entusiasmo chocó de inmediato con aquella fría atmósfera y la primera prueba estaba justo delante de mí: la recepcionista me miró como si hubiera entrado por error en un funeral.

—Hola, soy Connie Lowe. La nueva consultora —me presenté, con mi tono más amable.

La recepcionista, una mujer de unos cincuenta años con el cabello perfectamente peinado, me examinó de arriba a abajo como si estuviera evaluando si mi atuendo era apropiado para un interrogatorio, en lugar de un trabajo de consultoría.

—¿Tiene cita? —me preguntó sin disimular su escepticismo.

—Bueno, supongo que sí. Me han contratado temporalmente para ayudar a mejorar la productividad de la empresa —le expliqué, mientras ella asentía lentamente, como si cada palabra que decía fuera una complicación más en su día.

—Ah, sí. El señor Perry la está esperando —respondió finalmente, dándome un pase provisional de visitante—. El ascensor está al fondo.

Sonreí, agradecida, aunque no estaba segura de si ella se había percatado de mi gesto. Caminé hacia el ascensor, sintiéndome como una extranjera en terreno hostil. Sabía que no iba a ser fácil, pero tampoco esperaba sentirme como una invasora.

El viaje en ascensor hasta la planta de Reed Perry fue lo más parecido a una subida al patíbulo. Tomé aire profundamente y me preparé para lo que me esperaba detrás de esas puertas.

Cuando el ascensor se detuvo, el "ding" que anunciaba la llegada al destino me sobresaltó. La alfombra del pasillo era tan impecable que casi me daba miedo pisarla. Busqué la oficina del jefe y encontré una puerta de vidrio esmerilado que decía "Reed Perry, CEO". Respiré hondo y toqué la puerta con tres golpecitos firmes.

—Adelante —una voz profunda y autoritaria respondió desde el interior.

Abrí la puerta y me encontré con un hombre alto, de hombros anchos y mandíbula cuadrada, que apenas levantó la vista de su monitor para mirarme. Reed Perry estaba sentado tras un escritorio ordenado, con una expresión tan seria que podría haber sido esculpida en piedra.

—¿Connie Lowe, verdad? —dijo sin molestarse en ocultar la falta de entusiasmo. Aunque cuando por fin nuestras miradas se encontraron él la mantuvo fija durante unos segundos que parecieron una eternidad, claramente evaluándome con esos ojos grises y fríos como el acero.

—La misma —respondí, tratando de mantener mi tono ligero, mientras cerraba la puerta detrás de mí.

—Bienvenida, señorita Lowe. Espero que esté lista para el reto que tenemos delante— dijo finalmente, sin rastro de sonrisa.

—Por supuesto —respondí con energía, ignorando su tono cortante—. Estoy aquí para hacer todo lo necesario y que esta empresa funcione mejor que nunca.

—Eso está por verse —replicó, volviendo a centrar su atención en la pantalla—. En realidad la productividad aquí no es un problema, señorita Lowe. Es solo un síntoma. Lo que necesitamos es evitar distracciones innecesarias.

Ah, ahí estaba, el primer golpe. Intuí de inmediato que "distracciones innecesarias" era una referencia sutil a mi entusiasmo. Pero no iba a dejarme intimidar tan fácilmente.

—Por supuesto, señor Perry —dije, adelantándome y sentándome en la silla frente a su escritorio sin que él me lo ofreciera—. Aunque si me lo permite, a veces un poco de energía positiva puede hacer maravillas en un equipo. Mi objetivo es descubrir cómo optimizar lo que ya tienen y, si es posible, añadir un poco de esa chispa extra.

Torció un poco el gesto.

—Preferimos la eficiencia a la chispa, señorita Lowe —respondió Reed, clavando de nuevo sus ojos en los míos—. Aquí valoramos los resultados, no las sonrisas.

Sonó con un ataque. Dios mío, ¿por qué estaba tan a la defensiva?

—¿Y si le digo que ambas cosas no son excluyentes? —contesté, levantando una ceja, decidida a no dejarme vencer por su escepticismo.

—Diría que eso suena a una de esas frases motivacionales que la gente cuelga en la pared y olvida al día siguiente.

Reí suavemente, sorprendida por su agudo comentario. Al menos tenía sentido del humor, aunque fuera del tipo sarcástico.

—No, yo no soy de las que cuelgan frases. Soy más de las que hacen que esas frases se conviertan en realidad —respondí, sin perder la sonrisa.

Él me observó durante un segundo más, y algo cambió en su expresión. Era casi imperceptible, pero juraría que vi una chispa de curiosidad en esos ojos. Luego volvió a concentrarse en su pantalla, como si yo ya no estuviera allí.

—Tiene carta blanca para observar al equipo y hacer sugerencias —dijo mientras tecleaba algo—. Pero no interfiera con las operaciones. Lo que espero de usted básicamente es un informe detallado al final de estas tres semanas. Tengo muy buenas referencias suyas, dicen que es usted una de las mejores consultoras de la ciudad, así que espero ver resultados. Mi secretaria, Elizabeth Best, le proporcionará todo lo que necesite y la pondrá al día. Vaya a verla ahora mismo, está en la planta inferior, la diecisiete. Pero, por favor, mantenga los pies en la tierra, señorita Lowe.

—Mis pies están perfectamente plantados, señor Perry —repliqué, levantándome de la silla con confianza—. Aunque de vez en cuando, me gusta dar un salto para ver las cosas desde otra perspectiva.

—Espero que sepa caer bien, entonces —respondió él, sin apartar la vista de su monitor.

Alucinante.

Me di la vuelta y caminé hacia la puerta, deteniéndome justo antes de salir.

—Una última cosa, señor Perry —dije, mirándolo por encima del hombro—. No subestime el poder de la amabilidad. Podría sorprenderse de lo lejos que puede llevarnos.

Sin esperar respuesta, salí de la oficina, dejando que las puertas se cerraran detrás de mí. Mientras caminaba en dirección al despacho de su secretaria, no pude evitar sonreír de nuevo para mis adentros.

Había algo en Reed Perry, más allá de su seriedad y su frialdad, que me intrigaba. No sería fácil romper ese muro de hielo, pero había un desafío en sus ojos que me atraía como un imán. Y si algo me gustaba, era un buen desafío.

Cuando el ascensor llegó, entré y presioné el botón para bajar. Justo antes de que las puertas se cerraran, me imaginé que Reed Perry, desde su oficina, tal vez había levantado la vista y sonreído en ese preciso momento. O tal vez no. Pero de algo estaba segura: esto prometía.

CAPÍTULO 2

R**EED** —Reed, tengo a la señorita Lowe aquí delante. Quiere saber si puede reunirse con usted el miércoles a las tres para discutir las primeras impresiones de su evaluación.

—Sí. De hecho, bloquéale la agenda para el miércoles, Elizabeth —respondí de inmediato, girando el bolígrafo entre mis dedos—. Y asegúrate de que está libre a mediodía. Quiero llevarla a almorzar, pero no le menciones nada de eso todavía.

—Entendido. ¿Algo más que deba saber?

—Sí, enséñale todo, excepto los despachos de la octava planta, por supuesto. Manténgala lejos de ahí. No quiero que husmee por ahí.

—Por supuesto, Reed —dijo Elizabeth, con su habitual eficiencia—. Lo coordinaré todo.

Respiré hondo. A menudo pensaba que mi secretaria, la señora Best, era lo único que funcionaba allí correctamente. Colgué el teléfono y me recosté en la silla de mi despacho, contemplando el gran ventanal que ofrecía una vista panorámica de la ciudad.

Ahí abajo Nueva York seguía con su ajetreo habitual, tan impredecible como siempre, pero aquí dentro, en mi oficina, todo debía estar bajo control. Todo, excepto una consultora nueva y demasiado atractiva que había entrado en mi edificio para, supuestamente, mejorar la productividad. Para ver exactamente qué estábamos haciendo mal. Porque los números no crecían como yo quería que creciesen.

Connie Lowe.

Su nombre se paseaba una y otra vez por mi mente como si fuese un rótulo de neón.

Ni siquiera había estado con nosotros un día completo y ya me estaba volviendo loco. Las consultoras suelen ser un fastidio, eso lo sabía bien. Llegan, se pasean con sus tablas y gráficos, hacen algunas sugerencias que suenan bien en teoría, y luego se van, dejando a los verdaderos trabajadores —a mí y a mi equipo— para que lidiemos con las consecuencias de sus brillantes ideas.

Pero Connie Lowe... ella parecía diferente, y no precisamente en el buen sentido.

Lo primero que llamó mi atención fue su sonrisa. ¿Cómo no notarla? Tan amplia, tan brillante, tan... incómoda. Irritante, en realidad.

En este lugar, no hay espacio para ese tipo de entusiasmo sin sentido. La productividad no se mejora con sonrisas ni con una actitud desenfadada. Requiere precisión, control, y una dosis saludable de escepticismo. La señorita Lowe, sin embargo, parecía determinada a desafiar esa lógica.

Recordé nuestro tenso primer encuentro, hacía apenas media hora, cuando había entrado en mi despacho con esa energía exuberante. Había sido como un rayo de sol colándose en una cueva oscura; cegador y molesto.

Me fastidió que fuese tan guapa, porque eso solo significaba que me sería más difícil resistirme a ella. Y al verla, mi primera reacción había sido obvia: mantenerla a raya.

Preferimos la eficiencia a la chispa, señorita Lowe; le había dicho, como un idiota.

Esa era mi forma de marcar los límites desde el principio. Desconfío de las personas risueñas, sobre todo si entran así en este edificio. No tengo tiempo ni paciencia para enfoques tan...coloridos.

Pero Connie no se había inmutado. A pesar de mi tono gélido, su sonrisa no flaqueó. Es más, creo que se hizo más grande, como si hubiera encontrado un desafío que la motivaba.

Cuando sugirió que un poco de amabilidad podría sorprenderme, casi me eché a reír, aunque por dentro. No porque creyera en lo que decía, sino porque me parecía ridículo que alguien pensara que la vida corporativa podría endulzarse con una simple curva en los labios, o con ser más amable. Aquí se trataba de números, de resultados, y de mantener el barco a flote, no de dibujar arcoíris en el cielo.

Observé el teléfono, a punto de llamar a uno de los inversores que me había recomendado sus servicios, pero me abstuve. Había algo en Connie Lowe que no podía ignorar. Tal vez era esa chispa que mencionaba, aunque no quería admitirlo. Algo en su actitud —o tal vez en la manera en que desafiaba mis expectativas sin siquiera pestañear— me picaba la curiosidad. Me incomodaba, en realidad. Y lo que más me irritaba era que, aunque estaba decidido a mantenerme firme, una parte de mí quería ver qué más tenía para ofrecer.

No subestime el poder de la amabilidad.

Ahora sí. Me reí, solo en mi despacho, como un perturbado.

Aquel terremoto tan desconcertante era lo que había hecho que me hubiese decidido invitarla a almorzar.

No porque creyera que sus ideas pudieran realmente cambiar algo, sino porque necesitaba entender su enfoque antes de que ella pudiera crear el caos en mi empresa. Necesitaba mantener el control, asegurarme de que todo este "experimento" no se nos fuera de las manos. Y un almuerzo podría ser la oportunidad perfecta para observarla más de cerca, sin las formalidades de una reunión de oficina. O al menos ese es el cuento que yo mismo me conté. Para calmarme un poco.

Cogí mi bolígrafo y empecé a escribir algunas notas sobre lo que quería discutir con Connie durante ese almuerzo. Primero, su evaluación inicial: quería saber cómo planeaba medir la productividad y qué áreas creía que necesitaban más atención. Segundo, sus sugerencias preliminares: ¿en qué basaba su optimismo? ¿Cuáles eran sus métodos? Y tercero, y lo más importante, quería ver si había alguna brecha en su enfoque, alguna señal de que su entusiasmo no estaba respaldado por una comprensión real del trabajo que hacíamos aquí.

De repente, me encontré pensando en su sonrisa. Y mientras lo hacía dibujé, en la misma hoja, un esbozo de su rostro.

Cuando era un adolescente se me daba fenomenal dibujar.

Lo terminé y me quedé absorto, contemplando su rostro allí, en tinta negra.

Era cierto. Aquella chica me irritaba porque soy un amargado y las personas alegres me tiran para atrás, pero no podía negar que había algo contagioso en ella.

No me malinterpretéis, no es que quisiera ser contagiado. Pero había algo en cómo se enfrentaba a mis respuestas cortantes que me hizo cuestionar si tal vez ella podría traer algo nuevo al equipo.

Suspiré, sacudiendo esos pensamientos de mi mente. No, debía mantener la perspectiva. Connie Lowe era una consultora, nada más. Mi trabajo era asegurarme de que no interfiriera demasiado, que no desestabilizara lo que habíamos construido. Por mucho que una parte de mí sintiera una profunda curiosidad, no podía dejar que eso influyera en mi juicio.

El teléfono sonó de nuevo, interrumpiendo mis pensamientos. Era Elizabeth.

—Reed, ya he hecho los arreglos para la agenda de la señorita Lowe. ¿Alguna instrucción adicional?

—No, eso es todo por ahora, Elizabeth. Gracias.

—No hay de qué. Y... —hubo una breve pausa—, Reed. Creo que ha sido un gran acierto traerla. Nos va a aportar una perspectiva diferente. Es estupenda. Deberíamos quedárnosla en el equipo.

Me quedé en silencio durante un momento, procesando lo que acababa de decir. Elizabeth no era de las que ofrecía consejos a la ligera, lo que hizo que sus palabras resonaran más de lo que me hubiera gustado admitir.

—Lo tendré en cuenta, Elizabeth. Vamos a ver qué tal va todo estos días —respondí finalmente, manteniendo mi tono neutral.

Colgué el teléfono y me quedé mirando el papel con su rostro dibujado. Las líneas que había trazado con mi bolígrafo eran ahora más borrosas, como si mis pensamientos se hubieran diluido en el proceso. ¿Una perspectiva diferente? No, no podía permitirme el lujo de pensar de esa manera. Tenía que mantener el control, no solo sobre mi equipo, sino también sobre mí mismo.

Tomé una decisión en ese momento: durante el almuerzo del miércoles, iba a descubrir lo que Connie Lowe realmente nos aportaría. Y quién era en realidad. A lo mejor ella también se había construido una meticulosa fachada. Y aunque una pequeña parte de mí estaba intrigada por ella, no podía dejar que eso nublara mi juicio. Debía ser meticuloso, cuidadoso y, sobre todo, mantenerme en el camino correcto.

Pero, por algún motivo, la sonrisa de Connie seguía apareciendo en mi mente, como una pequeña grieta en el hielo. Negué con la cabeza, volviendo a concentrarme en el trabajo. Tenía que asegurarme de que todo estuviera bajo control, incluyendo cualquier chispa inesperada que intentara prenderse en mi mundo perfectamente ordenado.

CAPÍTULO 3

CONNIE

—¿Así que tu nuevo cliente es un amargado? —me preguntó Crystal, mi compañera en la consultoría, mientras partía un croissant con precisión quirúrgica.

Habíamos quedado para desayunar ese miércoles, a primerísima hora de la mañana. Apenas eran las ocho y la ciudad aún estaba desperezándose.

—Amargado es quedarse corta —respondí, dejando mi taza de té sobre la mesa—. Reed Perry es el tipo de persona que hace que los cactus parezcan tiernos y esponjosos a su lado. Y eso que él no tiene cactus en su mesa para que absorban las malas vibras de su ordenador. No le hace falta. Se basta él solito.

Crystal soltó una carcajada.

—¡Eres un alma demasiado pura para este trabajo, Connie Lowe!

La luz de la mañana entraba a raudales por los ventanales de Fiona's Coffee, el pequeño café donde me encontraba, dándole un brillo especial a las mesas de madera clara y a los mantelitos de lino.

La mezcla de café recién hecho y pan tostado impregnaba el aire, y por un instante, logré olvidar el estrés de los últimos dos días. Frente a mí, mi amiga sorbía su café con la tranquilidad de quien ya ha conquistado el mundo antes del desayuno.

Crystal no dejaba de observarme con esos ojos analíticos que siempre me hacían sentir como si pudiera ver a través de mí.

—Vamos, Connie, cuéntame más. ¿Qué te ha hecho ese hombre en día y medio para que ya lo odies tanto?

—No lo odio, no es eso —repliqué rápidamente, aunque en el fondo sabía que esa respuesta era un tanto precipitada—. Es solo que...

lo encuentro frustrante. Lo he observado, Crystal, y no he visto nada bueno en su manera de dirigir. Se encierra en su oficina como si el mundo exterior fuera tóxico para él, y no interactúa con su equipo para nada. No es de extrañar que la moral en esa empresa esté por los suelos.

Crystal asintió, pero su mirada seguía fija en mí, esperando a que continuara. Suspiré, sabiendo que no me dejaría escapar tan fácilmente. Ella siempre quería todos los datos.

Seguí contándole:

—Mira, en un día y medio he visto lo suficiente como para saber que el problema no es tanto de la empresa como de su líder. El equipo está desconectado, desmotivado. Y creo que tiene mucho que ver con la actitud de Perry. Si él no se involucra, ¿cómo espera que su equipo lo haga? El ambiente es tan denso que podrías cortarlo con un cuchillo, y siento que para cambiar las cosas voy a tener que remangarme e implicarme de lleno. Y no se si tres semanas dan para tanto...

Mi compañera se quedó en silencio por un momento, mirándome como si estuviera decidiendo cómo abordar lo que iba a decir a continuación. Miró su reloj.

—Llevamos...diez minutos hablando de Reed Perry. Así que, ¿qué me dices de él? —preguntó, alzando una ceja—. Te atrae, ¿a qué sí?

Mi reacción fue instantánea, casi defensiva.

—¿Atraerme? ¡En absoluto! —me reí, pero esa risa salió más forzada de lo que me hubiera gustado. Crystal inclinó la cabeza, con esa expresión que usaba cuando sabía que alguien no estaba siendo del todo honesto consigo mismo.

—¿Estás segura? —insistió, dándome tiempo para que lo reconsiderara—. No sería la primera vez que alguien confunde frustración con algo más.

Negué con la cabeza, pero las palabras de Crystal ya habían hecho mella en mí. En cuanto pronunció esa pregunta, atraer, algo se encendió en mi mente, algo que no quería reconocer.

Había estado pensando en Reed Perry más de lo que debería, y no solo por el impacto negativo que tenía en su empresa. Había algo en él, en su presencia, que no podía sacudirme de encima; y admitirlo, aunque solo fuera para mí misma, me provocaba cierta incomodidad.

—Está bien, quizá he hablado muy rápido. Es un tipo atractivo —admití, bajando la voz—. Pero lo digo como observación. Es solo que... no lo entiendo. Me exaspera que alguien pueda ser tan cerrado, tan insensible a lo que pasa a su alrededor, y me molesta aún más que, a pesar de todo eso, siga pensando en él.

Crystal sonrió con ese gesto que tanto detestaba, esa sonrisa que decía "sabía que llegarías a esa conclusión tarde o temprano".

—Bueno, es comprensible que te sientas atraída por el desafío que él representa. A veces, las personas más difíciles nos llaman la atención porque son enigmas que queremos resolver. Pero ten cuidado, cariño. Reed Perry es ahora mismo tu cliente disfrazado de jefe, y ya sabes lo que dicen sobre enamorarse de los CEOs...qué te voy a contar.

Me reí otra vez.

Risita nerviosa.

—Oh, por favor, Crystal. No voy a enamorarme de él —insistí, tal vez un poco demasiado rápido—. Esto parece un chiste malo. Lo último que quiero es complicarme la vida con algo así. Además, tengo mucho trabajo que hacer ahí dentro y no voy a permitir que cualquier emoción interfiera con lo que he ido a hacer.

Ella asintió, como diciendo: claro, claro.

—Si te entiendo, pero solo te lo digo para que lo tengas en cuenta. Estas situaciones pueden complicarse muy rápido. Ahora, hablando de trabajo, ¿cómo ves el resto de la empresa? ¿Alguien más ha logrado romper esa coraza tuya, además de mister Perry?

Agradecí la posibilidad de cambiar de tema. A Crystal no se las daban con queso.

—Bueno, si te soy sincera, el ambiente en general es bastante malo. El equipo está apagado, como si estuvieran atrapados en una rutina sin fin. Pero hay una excepción: la señora Elizabeth Best. Es la asistente de Reed, y te diré, es maravillosa. Hemos hecho buenas migas enseguida. Es profesional, eficiente, pero también tiene ese toque humano que parece faltar en el resto del equipo.

—Pues parece que puedes tener una buena aliada en la señora Best. Aprovecha eso, Connie. Si ella tiene influencia sobre Perry, podrías usarlo a tu favor para implementar los cambios que necesitas.

—Eso espero —asentí—. Hasta ahora, ella es la única persona con la que me he sentido realmente conectada en la empresa. Incluso me ha dado algunos consejos sobre cómo manejar a Reed... aunque no estoy segura de que nada funcione con él.

Crystal terminó su café y dejó la taza en la mesa, mirándome algo más seria.

—Tienes un gran desafío por delante, Connie. Pero si alguien puede con esto, eres tú. Solo recuerda que no estás ahí para cambiar a Reed Perry. Estás ahí para mejorar ciertos procesos de su empresa. Y si para lograrlo tienes que sacudir un poco las cosas, entonces adelante. Pero mantén tus prioridades claras y no te dejes desviar por... distracciones inesperadas. Es mi consejo no solicitado.

Sabía a lo que se refería. Y aunque me costaba admitirlo, tenía razón. Reed Perry no debía convertirse en una distracción, por mucho que su actitud me sacara de quicio o, peor aún, despertara esa curiosidad insidiosa que ya estaba empezando a hacerme cuestionar mis propios sentimientos. Este trabajo era mi prioridad, y necesitaba enfocarme en eso.

—Gracias, Crystal —dije finalmente, sonriendo—. Creo que necesitaba escuchar eso.

Yo apenas llevaba un año y medio en aquella consultoría, y ella era toda una experta con diez años de experiencia a su espalda. Conocía muy bien a los CEOs más déspotas de Nueva York y sabía perfectamente cómo manejarlos. Incluso se había casado con uno.

Crystal me sonrió con un toque de picardía en su expresión.

—Sabes que siempre estoy aquí para ponerte en tu lugar cuando lo necesites. Y no te preocupes, Perry no sabrá de dónde le vino la hostia cuando termines con él... en el buen sentido, claro.

—Qué bruta eres, Crystal.

Nos reímos juntas mientras me daba cuenta de que, aunque todavía tenía mucho que resolver, me sentía más preparada para enfrentarme a lo que venía. Pagué la cuenta del desayuno, pedí un café para llevar y me despedí de Crystal, sabiendo que tenía un día largo por delante.

Elizabeth Best me había recordado dos veces que no hiciese planes para aquel mediodía. Mientras caminaba hacia la oficina, no pude evitar preguntarme si lo vería otra vez. Me temía que sí. Que ese era el día en que Reed querría verme de nuevo. ¿Cómo me lo encontraría? Por mucho que quisiera centrarme en el trabajo, la distracción estaba servida en bandeja. Me alegré de no habérselo contado todo a Crystal.

CAPÍTULO 4

CONNIE

Llegué a la oficina con el café aún caliente en la mano, lista para enfrentarme a otro día lleno de retos. Mientras caminaba por el pasillo hacia el escritorio que Elizabeth me había asignado, noté que había algo raro en el ambiente. Un murmullo generalizado, seguido de lo que sonó como un estruendo, rompió la habitual monotonía de la mañana. Me acerqué al departamento de marketing, de donde parecía provenir el ruido, y lo que vi me dejó sin palabras.

Una escena de caos frente a mis ojos. Dos empleados, un chico alto y desgarbado con el pelo enmarañado y una chica con expresión feroz y pelo rojizo, estaban enfrascados en una discusión acalorada.

Gritaban tan fuerte que era imposible ignorarlos, y lo más alarmante era que sus compañeros no estaban intentando calmarlos, sino que se habían reunido en círculo a su alrededor, como si aquello fuera algún tipo de espectáculo.

Las faltas de respeto empezaron a sobrevolar la sala.

—¡Eres un completo idiota, Ben! —gritó la chica, señalándolo con un dedo acusador—. ¡Siempre te apuntas el tanto gracias a mi trabajo y estoy harta de eso!

El tal Ben no se quedó atrás. Con los puños apretados, replicó:

—¡No me culpes a mí si no puedes manejar la presión, Madeline! ¡Alguien tiene que sacar adelante las campañas, y si tú no puedes, entonces yo lo haré!

Antes de que pudiera intervenir, Ben hizo algo que me dejó boquiabierta. Caminó con paso firme hacia una de las ventanas de la oficina, la abrió de par en par y, en un arrebato de pura frustración, lanzó una pila de papeles al vacío.

El escándalo fue inmediato. Alguien gritó, otros se rieron, y algunos empleados echaron mano de sus teléfonos para grabar la escena, como si aquello fuera un episodio de un *reality*. No podía creer lo que estaba viendo. Si no hacía algo, esto podía terminar muy mal.

Dejé mi café en una mesa cercana y me planté en el centro de la trifulca.

—¡Basta ya! —grité, imponiéndome por encima del alboroto. Todos se giraron hacia mí, incluyendo Ben y Madeline, que parecían sorprendidos de verme allí—. ¿Qué demonios creéis que estáis haciendo?

Hubo un silencio incómodo. Ben, con la mirada todavía desafiante, fue el primero en hablar:

—¿Y quién eres tú?

—Soy la encargada de que esto empiece a funcionar de una vez por todas.

—Ah, ¿sí? ¿Desde cuándo? —preguntó Madeline.

—Es que ella... —empezó su compañero.

—No quiero saberlo ahora —lo corté, levantando una mano para que se callase—. Ambos, tomad asiento. Y los demás —dije, dirigiéndome a los curiosos que seguían observando—, volved a vuestros escritorios. Esto no es un *show* de Times Square. Vamos, ¡moveos!

A regañadientes, los empleados empezaron a dispersarse, murmurando entre ellos. Madeline y Ben, todavía lanzándose miradas asesinas, se sentaron en sillas opuestas, y yo me situé en el medio, como una mediadora inesperada.

—Bien. Mi nombre es Connie, creo que aún nos conocemos. Me veréis por aquí durante las próximas semanas para detectar problemas de procesos en la empresa. Y creo que acabo de toparme con uno —dije, respirando profundamente para mantener la calma—. Ahora, quiero que cada uno de vosotros me diga qué está pasando. ¿Qué ha causado este alboroto?

Ben y Madeline se miraron como si esperaran que el otro hablara primero. Finalmente, ella rompió el silencio.

—Es que Ben siempre se apropia de mis ideas —dijo, cruzando los brazos con frustración—. Yo trabajo muy duro en las propuestas, pero cuando llega el momento de presentarlas, él es el que recibe todo el crédito. Y estoy cansada de sentir que mi trabajo no vale nada.

Ben abrió la boca para replicar airadamente, pero lo detuve con una mirada.

—¿Y tú, Ben? —le pregunté, con un tono más moderado—. ¿Qué tienes que decir sobre esto?

Él se encogió de hombros, pero se notaba que estaba a la defensiva.

—Mira, Connie... Madeline es buena en lo que hace, no lo voy a negar. Pero a veces es demasiado lenta, y las cosas tienen que moverse rápido. Si tengo que intervenir para que las campañas no se caigan, lo haré. No es mi culpa que las cosas funcionen así.

Asentí, sopesando las palabras de ambos.

—Está claro que hay problemas serios aquí —dije finalmente—. Y no son solo entre vosotros dos. Esto va más allá, y está afectando al equipo entero. Antes de que alguien más decida lanzar algo por la ventana, quiero que todos los del departamento os sentéis aquí y habléis sobre lo que está pasando.

Ben y Madeline intercambiaron miradas de sorpresa, pero obedecieron mientras los otros miembros del departamento entraron a regañadientes en la sala de reuniones cuando les hice una señal con la mano. Una vez que todos estuvieron sentados, cerré la puerta y me dirigí a ellos con la mayor calma posible.

—Bien, vamos a hacer esto de manera ordenada —empecé—. Necesito que cada uno de vosotros me diga cuál cree que es el mayor problema en este departamento. Y quiero honestidad, sin culpar a nadie en particular, solo hechos. Va, empecemos.

Al principio, hubo silencio, pero poco a poco, uno por uno, empezaron a hablar. Las quejas iban desde la falta de comunicación hasta la presión por cumplir con plazos imposibles. La falta de reconocimiento y la sensación de que el equipo no estaba trabajando unido también se mencionaron en varias ocasiones.

Tomé notas mientras hablaban, observando cómo las tensiones salían a la superficie. Cuando terminaron, me tomé un momento antes de decirles lo que pensaba.

—Es obvio que hay problemas estructurales aquí, pero también hay conflictos entre vosotros que no se pueden ignorar —les dije—. Lo que os propongo es que empecemos por mejorar la comunicación. Vamos a hacer reuniones diarias cortas, donde cada uno pueda compartir lo que está haciendo y lo que necesita de los demás. También trabajaremos en dar reconocimiento a quien se lo merece. Si alguien tiene una idea o trabaja en algo, esa persona debe recibir el crédito por ello.

Algunos asintieron, otros simplemente me miraron con escepticismo. Pero todos sabían que necesitaban un cambio.

—Esto no va a solucionarse de la noche a la mañana, pero si todos ponéis de vuestra parte, podemos mejorar el ambiente de trabajo —concluí—. Y por favor, mantened las ventanas cerradas, ¿de acuerdo? Sabéis que eso está recogido en la normativa de este edificio, ¿no?

Hubo una risa nerviosa en la sala, y aunque no era mucho, era un comienzo.

—Eso es todo por ahora —dije, observando cómo los miembros del equipo de marketing se levantaban y regresaban a sus escritorios.

Mientras todos salían de la sala, sentí una presencia detrás de mí. Me giré y allí estaba Reed Perry, observándome con esos ojos serios e impenetrables, como si hubiera estado evaluando cada uno de mis movimientos.

En realidad, yo solo estaba haciendo su trabajo.

Y esperaba que hubiese tomado buena nota.

—Reed —dije, forzando una sonrisa, aunque por dentro me moría de curiosidad por saber qué pensaba de aquel *show*.

Él no respondió de inmediato, solo me miró con una expresión que no logré descifrar. Finalmente, dijo con calma:

—Buenos días, Connie. Espérame abajo, en el vestíbulo, a la una en punto. Iremos a almorzar fuera.

Antes de que pudiera responder, ya se estaba dando la vuelta para marcharse, dejándome con mil preguntas en la cabeza y un ligero cosquilleo en el estómago. ¿Había estado observándome durante todo este tiempo? ¿Y qué pensaba decirme durante ese almuerzo?

Suspiré, recogiendo mis cosas mientras intentaba aclarar mi mente.

Una cosa era segura: aquella pequeña "intervención" en el departamento de marketing era solo el comienzo del día, y Reed Perry, con su actitud enigmática, iba a asegurarse de que no olvidara el resto.

CAPÍTULO 5

R**EED**
Vi cómo llegaba al vestíbulo justo a la una en punto, ni un minuto antes ni uno después. Connie Lowe, con su energía contagiosa y esa manera de caminar, era una contradicción constante. Algo dio un salto en mi interior, y lo identifiqué como excitación pura y dura, aunque la disfrazara bien tras mi habitual máscara de seriedad.

—Puntual —le comenté, sin dar muestras de mi creciente curiosidad por lo que tenía que decir.

Ella esbozó una sonrisa.

—Intento mantenerme a tu altura en al menos un aspecto, Reed —respondió, con un tono ligeramente burlón que ya había empezado a reconocer en ella.

El *"usted"* había desaparecido entre nosotros. Bien. Muy bien. Le hice un gesto para que me siguiera y salimos a la calle, donde mi coche ya nos esperaba. No hice ningún comentario sobre el hecho de que el conductor le abrió la puerta a ella primero; parte de mí quería ver cómo reaccionaría a la sutilidad del gesto.

Connie, con su actitud desenfadada, agradeció con una sonrisa y se acomodó en el asiento trasero, observando el paisaje de la ciudad a través de la ventana mientras arrancábamos.

El viaje transcurrió en un silencio cómodo, algo que me sorprendió. Estaba acostumbrado a que la gente llenara los vacíos con charla innecesaria, pero Connie parecía no tener prisa por romper el hielo. Por otro lado, yo tenía mis propios pensamientos que procesar.

Este almuerzo no era solo una cortesía; quería entender por qué Connie estaba convencida de que podía cambiar algo en mi empresa cuando yo, desde mi despacho, había estado luchando con los mismos problemas durante meses. Ese era su trabajo y para eso la había contratado; tal vez como último recurso, pero estaba ansioso por conocer sus primeras impresiones.

El coche se detuvo frente a un rascacielos que dominaba el horizonte. Con un gesto, la invité a salir, y juntos nos dirigimos al vestíbulo donde un ascensor nos esperaba para llevarnos al restaurante que había en la cima.

Cuando las puertas se abrieron, la vista nos dejó sin aliento: la ciudad se extendía bajo nosotros como una maqueta, con el sol brillando sobre los edificios. Nos condujeron a una mesa junto a la ventana, donde el panorama de Nueva York era cuanto menos impresionante.

—Es un lugar increíble, Reed —comentó Connie, recorriendo con la mirada el elegante entorno.

—Solo lo mejor para una consultora de renombre como tú —respondí, no sin un toque de sarcasmo. A lo mejor pensaba que era un idiota, pero no podía evitarlo.

—Ah, ¿así que este es tu intento de impresionarme? —bromeó, levantando una ceja—. Pensé que preferías intimidar a tus empleados, no encantarlos.

Solté una risa suave, pero no respondí de inmediato. Nos sentamos, echamos un vistazo al menú y a la carta de vinos y después de pedir, decidí que era momento de ir al grano.

—Vamos a hablar de procesos —dije, inclinándome ligeramente hacia ella—. Estoy interesado en saber qué crees que puedes hacer para mejorar la productividad de la empresa.

Connie me miró directamente a los ojos, algo que pocas personas se atrevían a hacer durante tanto tiempo. Su franqueza me desarmó un poco.

—Lo primero que puedes hacer, Reed, es salir de tu despacho de vez en cuando —dijo sin rodeos. Mi sorpresa debió de reflejarse en mi rostro, porque ella continuó—. No he visto a nadie más aislado en mi vida. Estás dirigiendo una empresa, pero no te involucras con la gente que la mantiene en marcha. Y lo más irónico es que para saber esto no necesitabas contratar a una consultora. Solo tenías que levantar el trasero de esa silla de cuero tan cómoda y pasear un poco entre tus empleados.

Hubo un momento de silencio. Sus palabras eran un golpe directo, pero no podía negarlo: ella tenía razón, y no me gustaba admitirlo.

—¿Eso es todo? ¿Crees que simplemente integrándome con el equipo, la productividad mejorará? —pregunté, intentando sonar escéptico, aunque sabía que el argumento tenía mérito.

—No solo eso, Reed. También tienes que escuchar. Escuchar de verdad. La situación en marketing, por ejemplo, se está saliendo de control porque nadie siente que su voz importa. Y eso no es algo que se solucione desde un despacho cerrado. La gente necesita sentirse valorada y vista, no solo dirigida.

Asentí, asimilando sus palabras. No estaba siendo suave ni delicada. En ese momento, el camarero llegó con los platos, y durante unos minutos, comimos en un silencio reflexivo.

Decidí cambiar de tema, aunque no tanto como para perder el foco. Había algo más que me intrigaba.

—Me ha dicho Elizabeth que querías acceso a la planta octava. ¿Por qué te interesa tanto? —pregunté, con un tono neutro, pero atento a su reacción.

Connie dejó su tenedor a un lado y me miró fijamente.

—Es mi trabajo entender cómo funciona toda la empresa, no solo las partes que tú decides mostrarme. Si hay algo en esa planta que influye de alguna forma en la productividad, necesito verlo. No soy de las que se conforman con medias verdades.

Mantuve mi expresión impasible, aunque su insistencia me hizo admirarla aún más. La planta octava no era algo que pudiera simplemente mostrarle, al menos no por ahora.

—Esa parte de nuestras oficinas no es relevante para lo que estás haciendo —respondí, notando cierta decepción en su rostro—. Hay asuntos que tienen que permanecer confidenciales, Connie.

Ella me miró, claramente insatisfecha con mi respuesta, pero lo dejó pasar por el momento. Entonces, la conversación dio un giro inesperado.

—¿Por qué eres así? —preguntó de repente, como si hubiera estado conteniendo esa pregunta desde que nos conocimos—. Aislado, desconfiado. Entiendo que ser CEO es estresante, pero eso no significa que tengas que cargar con todo tú solo.

Su pregunta me pilló desprevenido. No estaba acostumbrado a que la gente cuestionara mi manera de ser, al menos no de forma tan directa.

—Ser CEO no es solo un trabajo, Connie —respondí después de un momento—. Es una responsabilidad. Cada decisión que tomo afecta a cientos de personas. Es fácil juzgar desde fuera, pero desde mi perspectiva, es más seguro mantener una cierta distancia con el equipo.

Me miró, no sé si desafiante, o si empezaba a entender mi manera de operar.

—Lo entiendo, Reed. Pero también sé que nadie puede hacerlo todo solo. Necesitas confiar en tu equipo, en la gente que trabaja contigo. Si sigues aislándote, no solo te harás daño a ti mismo, sino también a tu proyecto.

Mis ojos se quedaron anclados un momento a su melena rubia. El flequillo le cayó sobre los ojos y Connie lo apartó enseguida.

Había algo en su voz, en la manera en que me miraba, que me hizo sentir algo que no había sentido en mucho tiempo. No era solo atracción física, aunque eso también estaba presente. Era algo más profundo.

La deseaba. Mucho.

La comida era deliciosa, y esa fue la excusa que utilicé para cambiar un poco de tema. Nuestra conversación se fue volviendo más personal, casi sin darnos cuenta. Hablamos de nuestras carreras, de lo que nos motivaba, de los sacrificios que habíamos hecho para llegar hasta aquí. Y en medio de todo, la química entre nosotros se hizo cada vez más evidente. Connie tenía una manera de romper mis defensas que nadie más había logrado. Me atraía, y no solo por su inteligencia y su pasión, sino por la manera en que me desafiaba. Nadie, ni siquiera Elizabeth, se había atrevido jamás a hablarme como lo hacía ella, poniendo los puntos sobre las *íes*.

Al final del almuerzo, cuando nos levantamos para irnos, ya no podía negar la creciente tensión entre nosotros. Nos dirigimos hacia el ascensor en silencio, pero er un silencio cargado de eso que ambos sabíamos que estaba allí, aunque ninguno lo decía en voz alta.

Entramos al ascensor y las puertas se cerraron suavemente. De repente, cuando bajábamos, las luces parpadearon y el ascensor se detuvo con un suave tirón.

Connie me miró.

—¿En serio? No me lo puedo creer.

Miró al techo del ascensor.

Cerró los ojos y respiró hondo.

—Parece que sí —respondí, sin apartar la mirada de ella.

El ascensor estaba detenido, y con él, el mundo exterior. Connie y yo nos habíamos quedado atrapados en este pequeño espacio, solos, con nada más que nuestras propias emociones. La realidad de nuestra situación era innegable, y por primera vez en mucho tiempo, me sentí completamente fuera de control. Y, extrañamente, no me importaba en absoluto.

CAPÍTULO 6

CONNIE

Era mal momento para sucumbir a sus encantos, pero es que el sitio era aún peor.

Miré al techo del ascensor, la luz se había detenido en la planta catorce, estábamos casi en las nubes y, con un simple vistazo de reojo supe que Reed era imparable.

—Connie...

Se acercó, y antes de cerciorarse de que yo lo deseaba y de que no estaba a punto de tener un ataque de pánico, deslizó su mano por mi cuello y me besó. Fue más la suave caricia de sus dedos que su boca lo que provocó una explosión controlada entre mis piernas.

—Me gustas mucho —dijo, en cuanto se separó unos milímetros de mi boca—. ¿Esto es inapropiado?

Me habría reído si no fuese porque yo también me estaba encendiendo.

—Lo es.

—¿Y qué hacemos?

Podría haber soltado cualquier disparate pero lo que no podía hacer era pretender que estaba ofendida o que quería que se apartase de mí de inmediato, porque no era así. Todo lo contrario. La maldita realidad era que no quería que aquellas puertas se abriesen jamás.

Le contesté con mi cuerpo desplegándose poco a poco ante sus avances.

Había un botón de seguridad en el panel de mando pero ninguno de los dos hizo el más mínimo gesto de estirar el brazo para pedir ayuda.

Ninguno de los dos estaba pensando.

Solo reaccionábamos a la brutal dictadura de nuestros cuerpos.

Incliné el cuello para que sus labios me recorriesen mejor. Lo miré y supongo que no era necesario decir nada más, y era evidente que Reed no podía esperar ni un segundo más para probarme. Me subió la falda y con un solo dedo recorrió la goma de mis braguitas.

Me acarició un poco, como si esperaba mi reacción, o como si esperaba que le parase, pero no lo hice, así que Reed se agachó y empezó a recorrer toda mi intimidad con su lengua. Me agarré a la barandilla interna del ascensor.

—Dios. Mío.

—¿Es demasiado, Connie? Por favor, tienes que pararme ahora si quieres que esperemos...

Mi mano se hundió en su pelo y acercó su cabeza aún más a mí.

—Sigue, Reed. Por favor. No te detengas.

Era como si todo ahí abajo fuera un gigantesco clítoris, como si las sensaciones que era capaz de despertarme se hubiesen multiplicado, alcanzando cotas desconocidas.

Supuse que fue por lo inapropiado, por el deseo que nos consumía y por la nula resistencia que los dos pusimos. Mi pierna se desplazó sola, colocando la parte interna de mi rodilla sobre su hombro para darle un mucho mejor acceso. Hundí las manos en su pelo y prácticamente dirigí con ellas cada uno de sus movimientos.

—Oh....Creo que voy....Voy a...

Reed me devoró hasta que un orgasmo salvaje me sacudió entera.

Después se puso en pie, sin aliento, relamiéndose los labios, buscando con su lengua los jugos que resbalaban hacia su brillante barbilla.

—Deliciosa. Tenemos que ser rápidos, Connie. Se darán cuenta de que uno de los ascensores no está funcionando.

Era todo tan demencial, tan sinsentido...

Las rodillas me temblaban tanto que dudaba que pudiese salir de allí por mi propio pie.

Mientras Reed me giraba en aquel minúsculo habitáculo que —me prometí— jamás volvería a pisar, pensé por primera vez en el mundo exterior, en el día siguiente, en qué iba a pasar con el trabajo que tenía entre manos. En qué pasaría si Crystal supiese lo que estaba haciendo con nuestro cliente, un cliente importante...y ni todas las calamidades del mundo podían interponerse entre mi razón y mi deseo.

Con la voz entrecortada, me dijo:

—Me encantaría tumbarme en el suelo y que te subieses encima de mí. Que te saciases de mi cuerpo y que hicieses conmigo lo que quieras pero verte así, de espaldas, con la cara apoyada en la pared, así de entregada... Deberías verte. Estás increíble. Eres una obra de arte, Connie Lowe...

Sabía muy bien, aunque no lo estaba mirando, que Reed estaba admirando mi culo. Paseaba sus manos por mis nalgas, y de ahí a mi cintura, y al instante siguiente sentía su respiración caliente, junto a mi oreja. Lo busqué con la cadera. Lo deseaba tanto que ya me daba igual todo...

—¿Quieres hacer esto aquí, Connie? Necesito que me lo digas, porque una vez que lo hagamos, no hay vuelta atrás entre tú y yo. Llevo unos días obsesionado contigo y a partir de hoy, esto solo puede ir a más...

—Aquí —le dije—. Ahora.

Era todo lo que Reed necesitaba oír.

Ya me ocuparía de la resaca de lo que estábamos haciendo. Entre sus brazos solo podía pensar en lo mucho que deseaba ser suya.

Busqué su cremallera con mis manos. Era evidente que mis manos temblaban, mientras intentaba bajarle un poco los pantalones a Reed. Él me ayudó enseguida y en cuanto lo hizo pude comprobar que el calor llevaba un tiempo acumulándose... justo ahí.

Y yo estaba preparada.

Metí la mano en el boxer, y rodeé su miembro con mis dedos, apretando un poco, deslizando toda aquella humedad arriba y abajo.

—Joder, Connie.

Apreté un poco más. Traté de concentrarme. Me empleé a fondo. Era larga y probablemente la polla más gruesa con la que me había encontrado, aunque no podía decirse que yo tuviese mucha experiencia. No me preocupó ni un ápice; estaba tan preparada para él que aquello...iba a entrar sí o sí.

—Date la vuelta otra vez, Connie.

Me sujetó por la cintura y apuntó a mi interior. Podía sentirlo, impregnándose de mi humedad. Dios mío, estábamos siendo muy sucios. Unos completos dementes. Era todo tan ardiente y tan...inesperado. Me agarré con fuerza a la barra e incliné la espalda en un ángulo de noventa grados. Él sujetó su polla con su mano para dirigirla mejor.

La hundió en mi cuerpo y alcancé de nuevo el éxtasis. Me horrorizaba reconocer o demostrar con mis gestos, con mis gemidos, que había alcanzado un nuevo orgasmo solo con aquella deliciosa invasión.

Así que las embestidas que siguieron fueron una deliciosa coda, fueron las olas retirándose después de romper en la playa, y pude concentrarme en cada uno de los deliciosos sonidos de indescriptible placer que salían de la garganta de, sí, ahora podía decirlo, mi amante, Reed Perry.

Mi cliente, mi amante.

Los dos habíamos sucumbido.

Siguió follándome hasta que ya no pudo más.

Reed se descargó en mi ropa interior.

—Nunca...había sentido nada igual. Nunca había hecho *esto*, Connie.

Y y no podía contestar otra cosa que no fuese:

—Yo tampoco.

Porque, ¿a qué había venido todo aquello?

¿Qué nos había pasado en ese maldito ascensor?

CAPÍTULO 7

R**EED**
No había logrado concentrarme en nada desde que volvimos a la oficina. Mi mente estaba atrapada en ese ascensor con Connie, reviviendo cada segundo, cada mirada, cada caricia. Había pasado solo un día de aquello, pero sentía como si el mundo fuese otro, uno completamente distinto.

Todo había cambiado entre nosotros, claro. Lo que comenzó como una atracción tácita, un reconocimiento mutuo de la energía que compartíamos, se había convertido en algo tangible.

Aquellos besos, el no poder frenar nuestro deseo...en un maldito ascensor público, sus manos en mi piel, la manera en que sus ojos me buscaron con la misma necesidad que sentía yo... todo eso había dejado una huella que no podía ignorar. Y ahora... Connie me evitaba.

Esa era la realidad.

Podía intuir la razón, claro, pero yo no estaba dispuesto a pasar página. Ni siquiera era capaz de aparcar el tema por un día. Ni por unas horas.

Intenté enfocarme en el trabajo, pero cada informe que leía parecía disolverse en mis manos. Mi atención volvía a Connie Lowe una y otra vez, preguntándome por qué ella, que había sido tan valiente con sus palabras y sus acciones, ahora parecía estar evitando cualquier interacción conmigo.

No la había visto por la oficina.

Estaba convencido de que estaba allí, en algún sitio, y que me había esquivado activamente desde que nos separamos a la salida del ascensor —de repente, a los quince minutos de estar allí dentro, aquel trasto siguió funcionando con normalidad—. Me dijo que iba a su casa a cambiarse de ropa. Le dije que por supuesto, que ya nos veríamos en la oficina.

Pero Connie no volvió esa tarde.

Me temí lo peor.

Intenté llamarla por la noche, pero tenía el móvil apagado, así que no me fui a dormir tranquilo.

¿Se sentía avergonzada?

Dios, esperaba que no.

A las once de la mañana del día siguiente decidí que ya había soportado suficiente incertidumbre. Me levanté y me dirigí al despacho de Elizabeth. Si alguien sabía algo, sería ella.

—Reed, ¿algo en lo que pueda ayudarte? —preguntó mi secretaria al verme entrar.

Siempre tan eficiente, tan profesional, y con un sexto sentido que pocas veces fallaba.

—Sí, necesito saber si Connie Lowe ha estado hoy en la oficina. No la he visto desde ayer.

Me miró extrañada, con una curiosidad apenas disimulada, pero como siempre, Elizabeth mantuvo la compostura.

—Uhmm...Sí, señor. Connie llegó temprano esta mañana. Ha estado trabajando con varios grupos de distintos equipos, revisando procesos y recopilando datos para su informe. La vi hace una hora, de hecho, estaba trabajando en su despacho.

Asentí, aunque su respuesta no me proporcionaba el alivio que buscaba. Me extrañaba. Me había asomado dos veces por allí y no la había visto.

—Gracias. ¿Podrías decirme si mencionó algo sobre... sobre lo que está haciendo ahora? —intenté no sonar demasiado obvio, pero Elizabeth me conocía demasiado bien para no darse cuenta de que me traía algo entre manos.

Ella sonrió ligeramente, con la amabilidad de alguien que comprende más de lo que dice.

—Ahora que recuerdo, mencionó que está terminando de redactar su informe preliminar. Parecía muy enfocada en ello. Con ganas de ponerse manos a la obra.

Preliminar, pensé.

Estaba adelantando el trabajo rápidamente. ¿Tal vez estaba tratando de terminar y salir de aquí lo antes posible? La idea me molestaba más de lo podría reconocer.

—Gracias, Elizabeth —dije, con una leve inclinación de cabeza antes de volver a mi oficina.

Me senté de nuevo detrás de mi escritorio, tamborileando los dedos contra la superficie de madera. ¿Por qué estaba tan inquieto? Había mantenido con mano firme el control de cada aspecto de mi vida durante años, y de repente, con Connie, me sentía como un principiante, incapaz de anticiparme a sus movimientos. Y lo peor era que me importaba. Demasiado.

Finalmente, decidí que no podía seguir así. Cogí el teléfono y marqué el número de su extensión, o donde se suponía que debía estar.

Connie contestó después del tercer tono.

—Reed —dijo—. ¿Todo bien?

—Eso debería preguntártelo yo a ti, Connie —respondí, intentando no sonar molesto—. ¿Soy yo, o has estado evitándome hoy? ¿Tengo que pedirle otra vez a Elizabeth que bloquee tu agenda para poder verte?

Hubo una pausa al otro lado de la línea, y pude imaginar su mente trabajando, buscando la respuesta correcta.

Resopló.

—No es eso, Reed —dijo finalmente—. Solo he estado... ocupada. Ya sabes, con todo el trabajo que queda por hacer...

—Entiendo. Pero eso no quita que no hayas pasado ni un minuto por mi oficina, cuando ayer... bueno, fue un día bastante intenso, ¿no crees?

Otra pausa. Esta vez, más larga.

—Sí, lo fue —admitió, su voz más suave, casi en un susurro—. Y es por eso que creo que lo mejor es enfocarme en terminar lo que me pediste. Creo que ambos necesitamos un poco de espacio para procesar lo que pasó.

Su honestidad me desarmó por un momento, pero no iba a dejarla escapar tan fácilmente.

¿Espacio?

¿Por qué quería espacio?

—Espacio o no, Connie, me gustaría verte esta noche. ¿Qué te parece una cena? Nada de trabajo, solo tú y yo.

Pude escuchar cómo contenía el aliento.

Joder, ¿me estaba rechazando?

—Reed... no sé si eso es lo mejor ahora —dijo finalmente—. No quiero que mezclemos más las cosas. Te prometo que una vez termine este informe, hablaremos. Pero ahora, creo que es mejor que me concentre. Es importante para mí...

Mantuve el silencio unos segundos, sopesando sus palabras. Entendía su posición, pero no podía evitar sentir una frustración exasperante. Ella tenía razón, lo sabía, pero eso no hacía que la idea de esperar me resultara más fácil.

—Lo entiendo, Connie. Pero también quiero que sepas que esto no ha terminado. Hay algo entre nosotros, algo que no podemos ignorar y ya está. Así que, cuando estés lista, estaré esperando.

Hubo un pequeño silencio antes de que ella respondiera, y cuando lo hizo, había una sonrisa en su voz, aunque fuera pequeña. Su sonrisa. La que iluminó todo al entrar en mi vida.

—Yo tampoco quiero ignorarlo, Reed. Pero déjame terminar primero con la asesoría. Prometo que después de eso, cenaremos, sin excusas.

Me sentí algo aliviado por la promesa, aunque el hecho de tener que esperar seguía molestándome. No estaba acostumbrado a desear algo que no podía obtener inmediatamente, y Connie me estaba enseñando a lidiar con eso.

—De acuerdo —dije finalmente—. Me parece un trato justo. Pero no te sorprendas si encuentras flores en tu oficina antes de que el día termine.

Ella se rio.

—Lo tendré en cuenta. Y Reed... gracias por entenderlo.

—No hay de qué. Solo hazme un favor, Connie: no me hagas esperar demasiado.

—No lo haré —prometió, y luego colgamos.

Me quedé mirando el teléfono, totalmente descolocado. Había sonado patético.

Mi primer impulso era levantarme, salir de allí e ir a buscarla. Tendría que haber hecho eso en lugar de llamarla. No estaba acostumbrado a eso, no. ¿Que una mujer me rehuyera después de habernos entregado el uno al otro? ¿A Reed Perry?

Las cosas tenían que cambiar drásticamente la próxima vez que nos viéramos.

Había algo en ella que me inquietaba de la mejor manera posible, y mientras esperaba, no podía evitar sentir que estaba a punto de comenzar algo que cambiaría todo.

Había empezado ese día con preguntas, y aunque algunas seguían sin respuesta, ahora tenía algo más: la certeza de que Connie y yo... esto estaba lejos de haber terminado.

CAPÍTULO 8

Colgué el teléfono y me quedé mirando la pantalla en blanco, como si me hubiera traicionado a mí misma. Mi corazón latía con fuerza. Una parte de mí estaba emocionada por aquella llamada. Por haber escuchado su voz y su deseo inequívoco de volver a verme. Pero otra parte, la más lógica, estaba sumida en un torbellino de dudas y preocupaciones.

Había pasado la noche en vela, torturándome por lo que había sucedido en ese ascensor. Cada vez que cerraba los ojos, volvía a revivir ese momento: el calor de sus manos sobre mi piel, la forma en que su mirada había atravesado todas mis defensas, haciéndome sentir vulnerable y, al mismo tiempo, más viva de lo que había estado en mucho tiempo.

Sin embargo, esa misma intensidad me había dejado mortificada. ¿Cómo había permitido que las cosas se salieran tanto de madre? ¿Cómo había permitido que mi atracción por Reed nublara mi juicio profesional? Estaba aquí para hacer un trabajo, no para complicar las cosas con el CEO de la empresa.

Me levanté de la silla y comencé a caminar de un lado a otro en el despacho, incapaz de quedarme quieta. Mi mente volvía una y otra vez a las mismas preguntas, sin encontrar respuestas satisfactorias.

La noche anterior, en medio de la confusión y casi diría que con un pequeño ataque de pánico, incluso había considerado llamar a Crystal para pedirle que me sustituyera, o mejor aún, renunciar al proyecto y marcharme antes de que las cosas se complicaran más. Pero no lo había hecho. Y ahora, con el teléfono aún caliente en mis manos, me preguntaba por qué.

Me detuve frente a la ventana, observando las vistas sobre el Hudson. Todo parecía tan normal allí fuera, como si el mundo siguiera girando sin problemas, mientras mi mundo interior se tambaleaba al borde del abismo.

Me moría de ganas de volver a ver a Reed, de sentir de nuevo esa conexión intensa, pero al mismo tiempo, sabía que había cruzado una línea peligrosa. Y que no había vuelta atrás.

Mi teléfono vibró en la mesa, sacándome de mis pensamientos. Era un mensaje de Crystal:

¿Cómo va todo? ¿Ya conquistaste el mundo corporativo, o necesitas que llegue con refuerzos?

Dios, Crystal. Qué oportuna. Sonreí a pesar de todo. Ella siempre sabía cómo hacerme sonreír, incluso cuando todo parecía un desastre. Me senté de nuevo en la silla y comencé a teclear una respuesta, pero luego me detuve. ¿Debería contarle lo que había pasado? Sabía que me diría que siguiera mi instinto, que me dejara llevar por lo que sentía. Pero también sabía que ella entendía los riesgos.

Finalmente, decidí ser honesta:

He conquistado algo... pero no estoy segura de que sea el mundo corporativo. Las cosas se complicaron un poco con el CEO.

No tuve que esperar mucho para su respuesta:

Lo sabía. ¿Cómo de complicado?

Solté un suspiro y le escribí todo, sin entrar en demasiados detalles acerca de lo del ascensor. Necesitaba sacarlo de mi sistema, y Crystal siempre había sido la persona en la que confiaba cuando las cosas se volvían demasiado confusas.

Unos segundos después, el teléfono volvió a vibrar.

Guau, Connie... eso es mucho. ¿Estás bien?

Contesté:

Sí y no. Me siento atraída por él, Crystal. Mucho. Y no puedo dejar de pensar en lo que pasó. Pero también me siento culpable. Vine aquí para trabajar, para ayudar a la empresa, no para enredarme con el jefe.

Hubo una pausa antes de que llegara su siguiente mensaje.

ENTIENDO. MIRA, TIENES *dos opciones, pero lo primero de todo es mantener la calma. Puedes mantener las cosas en un plano estrictamente profesional a partir de ahora y ver cómo va. O bien puedes explorar lo que sientes y ver a dónde te lleva, pero con cuidado. Reed Perry no es un tipo cualquiera. Si te involucras con él, no será algo superficial. Tienes que decidir qué es más importante para ti.*

LEÍ EL MENSAJE VARIAS veces, dejando que sus palabras se asentaran en mi mente. Crystal tenía razón, como siempre. Necesitaba decidir qué camino tomar. ¿Podía realmente ignorar lo que había entre Reed y yo? ¿O debía mantener mi enfoque en el trabajo y evitar cualquier complicación emocional?

Si me ponía las pilas podía terminar mi asesoría una semana. Tal vez menos.

Pero iba a ser complicado. Cada vez que pensaba en él, en la forma en que me miraba, en sus labios sobre los míos, mi seguridad se tambaleaba. Era más que una simple atracción física. Había una conexión, una energía que fluía entre nosotros, y que era imposible de negar.

Miré el reloj. Aún era temprano. Podría quedarme ahí, seguir trabajando en mi informe y mantenerme ocupada hasta que la urgencia de verlo se desvaneciera. Pero sabía que eso no iba a suceder.

Al final del día, las dudas seguirían ahí, esperando en la oscuridad, listas para asaltarme cuando estuviera sola en mi apartamento.

Finalmente, tomé una decisión. Volví a coger el teléfono y le envié un mensaje a Crystal:

Voy a enfocarme en el trabajo. Necesito tiempo para pensar. Gracias por estar ahí. XXX

Su respuesta fue inmediata:

Siempre. Sabes que estoy a una llamada de distancia. Y no te tortures demasiado, Connie. Las cosas se resolverán, de una manera u otra.

Después, apagué el teléfono y me obligué a volver al trabajo. Abrí mi ordenador y revisé las notas que había tomado durante las reuniones de ese día con el equipo de recursos humanos. Mi informe aún estaba a medio terminar, y sabía que si quería presentar algo sólido, necesitaba concentrarme.

Pero cada palabra que escribía me recordaba a Reed. Sus preguntas incisivas, su manera de observar cada detalle, y la forma en que lograba sacar lo mejor de mí, incluso cuando me frustraba. Trabajar en su edificio había sido un desafío desde el principio, pero también había sido increíblemente satisfactorio.

Finalmente, después de lo que parecieron horas, cerré el ordenador y decidí dar una pequeña vuelta por el edificio, caminar un poco y estirar las piernas. Me dirigí hacia las escaleras. No quería encontrarme de nuevo con Reed en un ascensor ni de coña. Y bajando, pensando en mis cosas, llegué hasta la planta ocho.

La planta prohibida.

Di unos pasos por el vestíbulo, indecisa. Solo había allí una puerta. Cuando iba a darme media vuelta y largarme por donde había venido me di cuenta de que estaba entreabierta.

Caminé hacia ella, decidida, y entré.

CAPÍTULO 9

M^{AX} La mañana siguiente arrancó como cualquier otra, con el continuo sonido de las notificaciones inundando mi bandeja de entrada. Estaba revisando algunos correos cuando vi uno que no esperaba: un mensaje de Connie.

Una parte de mí se alegró al ver su nombre, pensando que quizá finalmente había decidido aceptar mi invitación para cenar. Pero en cuanto leí el asunto, *"Informe final - Renuncia"*, mi corazón se detuvo.

Abrí el e-mail con la respiración contenida. El mensaje era corto, directo, pero el tono... Era como si estuviera escrito con prisa, como si cada palabra le hubiera costado un mundo.

DE: CONNIE LOWE
Para: Reed Perry
Asunto: Informe final - Renuncia
Reed,
He pasado toda la noche trabajando en el informe que me pediste. Está adjunto a este correo. Es mi mejor esfuerzo para abordar los problemas que he visto y las soluciones que creo que podrían ayudar a tu empresa a mejorar.
Lamentablemente, no puedo continuar con este proyecto. Necesito alejarme. Estoy abrumada a nivel personal, y creo que es lo mejor para ambos. Te pido disculpas por cualquier inconveniente que esto pueda causar y te ruego que no intentes contactarme. Lo siento mucho.

Connie

ME QUEDÉ MIRANDO LA pantalla, intentando procesar lo que acababa de leer. ¿Abrumada? ¿Por qué? ¿Qué había cambiado en tan poco tiempo? No entendía qué había pasado para que Connie, tan profesional y comprometida, decidiera de repente marcharse sin más.

Abrí el informe que había adjuntado, pero las palabras en la pantalla se mezclaban con el eco de su mensaje en mi mente. ¿Qué demonios había pasado?

Traté de repasar mentalmente los eventos de los últimos días. Lo del ascensor había sido intenso, sí, pero los dos éramos adultos y podíamos manejar aquello. Debíamos ser capaces de trabajar juntos, y después de trabajar, volver a perdernos el uno en el otro. De hecho, había sentido que finalmente estábamos empezando a conectar, a bajar las defensas.

De repente, una idea me atravesó como un rayo. No sabría explicarlo. Fue una corazonada. Me levanté de golpe, dejando la silla girando tras de mí. Algo en mi interior me decía que Connie había bajado a la planta ocho, que había visto algo que no debería haber visto.

Caminé hacia la sala de seguridad, donde siempre había alguien monitorizando las cámaras del edificio. Al llegar, mi mente ya estaba centrada en una única cosa: confirmar si Connie había estado allí la tarde anterior.

—¿Necesita algo, señor Perry?— me preguntó Chase, uno de los guardias, captando enseguida mi urgencia.

—Buenos días, Chase. Quiero revisar las cámaras de seguridad de anoche. Planta ocho. Entre las seis y las ocho de la tarde— dije sin rodeos.

El guardia asintió y comenzó a revisar las grabaciones. Cada segundo que pasaba aumentaba mi ansiedad, una sensación que no estaba acostumbrado a gestionar.

Finalmente, la imagen apareció en pantalla: Connie, saliendo de la oficina que le habíamos asignado. La vi bajar por las escaleras, probablemente evitando llamar la atención. Mi corazón latía con fuerza al verla, cámara a cámara, llegar a la planta ocho.

Sabía lo que venía a continuación.

En la grabación, Connie se detuvo frente a la puerta, mirando alrededor como si estuviera asegurándose de que nadie la viera. Y luego, empujó la puerta, que estaba entreabierta, y desapareció en el interior. Apreté los puños. ¿Por qué demonios estaba abierta? Siempre di instrucciones muy claras respecto a esa cerradura.

Cerré los ojos, conteniendo una maldición. No necesitaba ver más. Sabía exactamente lo que había encontrado.

En la planta ocho estaba el despacho de mi hermano, Derek. Él y yo habíamos fundado la empresa juntos, y durante mucho tiempo, esa oficina fue su refugio. Un lugar donde podía trabajar en paz, lejos del caos de los demás pisos. Pero todo cambió hace cuatro años, cuando lo encontraron muerto sobre su escritorio, después de haber trabajado durante cuarenta y ocho horas seguidas.

Derek colapsó allí, en ese mismo lugar, y desde entonces, decidí dejar esa planta tal como estaba, como un memorial, un santuario personal. Nadie, más que el personal de limpieza, estaba autorizado para entrar allí. Ni siquiera yo lo hacía. Dejarla intacta era mi forma de lidiar con su ausencia, mi manera de mantener vivo su recuerdo.

El hecho de que Connie hubiera visto ese lugar, de que hubiera entrado en esa parte de mi vida que había mantenido oculta, me golpeó como un mazo. No tenía idea de cómo había reaccionado ella, qué había sentido al ver las fotos, los documentos, los pequeños objetos personales de Derek que aún estaban allí, intactos.

—Eso es todo. Gracias — le dije a Chase, girando sobre mis talones y dejando la sala de seguridad sin más explicación.

De vuelta en mi despacho, traté de ordenar mis pensamientos, pero cada vez que intentaba concentrarme en cualquier otra cosa, la imagen de Connie entrando en esa oficina volvía a mí.

Me senté en mi silla, pero no podía permanecer quieto. El informe seguía abierto en mi ordenador, pero leerlo ahora no tenía sentido. Lo único que me importaba era que Connie se había marchado, y yo no sabía cómo traerla de vuelta.

Busqué mi móvil, dispuesto a llamarla. Mi instinto me decía que no podía simplemente aceptar su renuncia, que necesitaba hablar con ella, explicarle lo que había visto, y por qué esa planta significaba tanto para mí. Pero luego recordé su última frase: "te ruego que no intentes contactarme."

No era una petición ligera. Ella no quería hablar conmigo. Y eso dolía.

Respiré hondo, tratando de mantener la calma. Había lidiado con muchas crisis en mi vida, pero esto era diferente. No era un problema que pudiera resolver con una simple llamada o una reunión de emergencia. Se trataba de algo mucho más profundo, algo que me obligaba a enfrentarme a mi propio dolor y vulnerabilidad. Y no estaba seguro de cómo hacerlo.

Me levanté y me detuve ante la ventana.

Aquella dichosa ciudad no tenía ni idea de la tormenta que me estaba atravesando.

¿Qué se suponía que debía hacer ahora? ¿Dejarla ir? ¿Respetar su decisión de marcharse? ¿O debía luchar por lo que sentía, aunque no estuviera seguro de lo que era eso exactamente?

Una cosa era cierta: no podía ignorar lo que había pasado. Tenía que tomar una decisión, y tenía que hacerlo rápido. Pero por primera vez en mucho tiempo, no tenía ni idea de cuál era la respuesta correcta.

Lo único que sabía con certeza era que Connie Lowe había cambiado mi vida de una manera que no había previsto. Y no estaba dispuesto a dejar que se fuera sin más. Pero encontrar la forma de traerla de vuelta sería el desafío más grande al que me hubiese enfrentado.

CAPÍTULO 10

CONNIE
La brisa de la tarde me sentaba bien, me curaba poco a poco, mientras me acurrucaba en la silla de la terraza. Desde aquí, tenía una vista perfecta de los tejados de Brooklyn, con la ciudad al fondo, y su bullicio amortiguado por la distancia.

Era mi lugar favorito para pensar, un pequeño refugio en medio del caos de la vida cotidiana. Pero ese día mi mente estaba demasiado agitada como para encontrar consuelo en el paisaje.

Habían pasado menos de veinticuatro horas desde que le envié ese correo a Reed. Un e-mail que, al releerlo en mi cabeza, me parecía más una aceptación de la derrota que una renuncia profesional. Apreté la manta sobre mis hombros, tratando de ahogar el nudo de ansiedad que se había instalado en mi pecho.

No podía dejar de pensar en lo que había visto en la planta ocho. Al principio, cuando empujé esa puerta entreabierta, lo único que sentí fue curiosidad. Me pregunté por qué Reed me había prohibido específicamente entrar en esa planta. Pensé que tal vez era un área en construcción, o un proyecto ultrasecreto de la empresa, pero lo que encontré fue algo completamente diferente. Era un despacho, inmóvil en el tiempo, como si estuviera esperando el regreso de su ocupante.

Había documentos desparramados sobre el escritorio, tazas de café vacías en un rincón y una chaqueta colgada en el respaldo de la silla. Lo más inquietante, sin embargo, fueron las fotos. Imágenes de Reed con otro hombre, uno que se parecía tanto a él que de inmediato supe que debía ser su hermano. *Derek Perry*, leí en una de las placas de reconocimiento en la pared.

No entendí la magnitud de lo que había visto hasta que llegué a casa y busqué su nombre en Google. Entonces, la historia se desplegó ante mí: Derek Perry, cofundador de la empresa junto a su hermano Reed, había sido encontrado muerto en su oficina hacía cuatro años, después de trabajar sin descanso durante dos días. Su muerte había sido súbita y devastadora y había dado mucho que hablar en los círculos empresariales. Incluso desató un debate intenso sobre la adicción al trabajo.

Todo encajó en ese momento. El carácter gruñón de Reed, su aparente desdén por las emociones, su manera de esconderse tras esa fachada de hielo... Todo tenía sentido. Él todavía cargaba con el peso de esa tragedia, y probablemente cada rincón de esa oficina le recordaba su pérdida.

Y ahora yo, una simple consultora contratada para mejorar la productividad, había irrumpido en ese espacio sagrado, en su dolor más íntimo, como un elefante en una cacharrería. No era de extrañar que quisiera mantenerme alejada de esa planta. Ahora entendía por qué. Y, sin embargo, la comprensión no me traía consuelo. Si acaso, sólo hacía que mi arrepentimiento creciera.

Y luego estaba el peso de lo sucedido entre Reed y yo en el ascensor. La intensidad de aquello había sido sofocante. En el calor de aquel instante, me había dejado llevar por mis sentimientos, por ese deseo que había estado creciendo en silencio desde el primer día. Pero ahora, a toro pasado, todo me parecía un error. Una enorme equivocación que había comprometido mi trabajo y que ya no podía deshacer.

Suspiré, enterrando la cabeza entre las manos. Había pasado la última noche en vela, dándole vueltas a lo mismo. Me sentía agotada, pero mi mente se negaba a desconectar, atrapada en un ciclo interminable de arrepentimientos y dudas.

Intentaba convencerme de que había hecho lo correcto al apartarme, que poner distancia con aquel volcán a punto de explotar era lo mejor tanto para mi carrera como para mi cordura. Pero ¿por qué, entonces, sentía este vacío dentro de mí? ¿Por qué no podía simplemente pasar página y seguir adelante?

Decidí que esa noche dormiría. No podía seguir torturándome de esta manera. Necesitaba descansar, dejar que mi mente encontrara un poco de paz, aunque solo fuera por unas horas. Me levanté de la silla, dispuesta a entrar en el apartamento, cuando un grito rompió el silencio de la noche.

—¡Connie! ¡Connie Lowe!

Me detuve en seco. ¿Había escuchado bien? Era una voz grave, familiar, y provenía de la calle. Me acerqué al borde de la terraza y miré hacia abajo. Allí, en medio de la acera, agitando un ramo de flores como si su vida dependiera de ello, estaba Reed.

—¡Connie, por favor, baja! Necesito hablar contigo— gritó, ignorando por completo las miradas curiosas de los transeúntes.

Por un momento, me quedé congelada, sin moverme. Verlo ahí, tan fuera de su elemento, tan vulnerable en medio de la calle, me dejó sin palabras. Reed, el hombre que siempre parecía tener el control, el que nunca mostraba debilidad, estaba ahí, llamándome a gritos desde la calle como si fuera Richard Gere en *Pretty Woman*.

No pude evitar sentir una descarga de adrenalina, aunque intenté reprimirla. Sabía que todo aquello no había sido profesional ni apropiado, pero la sola visión de él allí abajo, con ese ramo en la mano, me desarmó.

—¡Connie! —volvió a gritar—. ¿Dónde estás? ¡Asómate! ¡No tengo la menor idea de en cuál es tu piso!

No sabía qué decir ni qué hacer. Una parte de mí quería bajar corriendo las escaleras, salir a la calle y lanzarme a sus brazos. Otra, la que me había mantenido despierta toda la noche, me decía que debía mantenerme firme, que dejarme llevar por lo que sentía sólo complicaría más las cosas.

Así que entonces agité la mano para que me viese y grité:

—¡Espera ahí! ¡Ahora bajo!

CAPÍTULO 11

R**EED**
La vi bajar las escaleras del edificio como si todo estuviera ocurriendo a cámara lenta. Connie, con su pelo suelto y desordenado por aquel viento de Brooklyn, con el rostro tenso, pero aún tan hermosa como la primera vez que la vi.

Caminó hacia mí, con una mezcla de incertidumbre y decisión en sus ojos, y antes de que pudiera decir una sola palabra, se lanzó a mis brazos.

Nos fundimos en un abrazo que fue como un bálsamo para todas las heridas abiertas, para todas las dudas que había arrastrado desde que abandonamos aquel ascensor. Sentí el calor de su cuerpo, su respiración entrecortada contra mi pecho, y supe que no había lugar en el mundo en el que quisiera estar más que allí, con ella.

—Reed— susurró, y sentí su voz temblar ligeramente. No estaba llorando, pero estaba cerca. La estreché con más fuerza, como si de alguna manera pudiera protegerla de todo lo que había pasado entre nosotros, de toda la tensión que habíamos compartido sin saber cómo manejarla.

—Lo siento tanto —continuó, apartándose un poco para mirarme a los ojos—. No debí haber entrado en la planta ocho. Fue una intromisión, y...

—Connie— la interrumpí, suavizando mi tono —. No importa. De verdad, no importa. Fui yo quien debió manejar todo esto de otra manera. Yo te puse en esa posición, y por eso ...lo siento.

La confusión en su mirada se disipó un poco, pero aún había algo de culpa ahí, algo que la estaba atormentando.

—No quería que las cosas se complicaran así, Reed. No esperaba... todo esto. No esperaba que tú, que nosotros...
—Connie —la interrumpí de nuevo, esta vez con un tono más firme—. He estado pensando en ti desde el momento en que entraste en ese edificio, sonriendo de una manera como nadie había hecho en mucho tiempo. No sé qué fue. No sé qué me pasó, pero supe desde ese momento que eras diferente. Que tú eras... la mujer que necesitaba en mi vida. Siento que todo haya sido tan...caótico.
Ella me miró. Sus ojos brillaban con algo que no era sólo sorpresa. Era comprensión. Como si, de alguna manera, supiera exactamente lo que estaba sintiendo, porque ella lo sentía también.
Le sonreí.
—No dejo de pensar en ti. No puedo despegarme de ti, ni quiero hacerlo —continué, apretando sus manos entre las mías—. Estaba tan acostumbrado a mantener todo bajo control, a mantener a la gente a distancia, que cuando tú entraste en mi despacho, con esa energía tuya, con esa sonrisa... todo en mí se tambaleó. Y no supe cómo manejarlo. Pero ahora lo sé.
—¿Y cómo piensas manejarlo, Reed?
Sonrió. Parecía relajada otra vez. Sus palabras destilaban su sarcasmo habitual, pero también tenían una carga emocional que sentí como un puñetazo en el estómago. Estaba asustada, igual que yo. Estábamos a punto de saltar juntos hacia algo desconocido, y ambos lo sabíamos.
Respiré hondo, porque lo que tenía que decir era fuerte:
—Quiero estar contigo, Connie. Que estemos juntos. Quiero hacer esto bien, de verdad. No sé qué va a pasar, no sé cómo lo haremos, pero sé que no quiero perderte. No puedo. Porque tú eres... —hice una pausa, intentando encontrar las palabras correctas, sin sonar demasiado cursi —. Tú eres la única mujer que me ha hecho sentir así, y no quiero dejar que eso se vaya. No quiero perderte.

Connie soltó una pequeña risa llena de alivio y emoción, y luego volvió a abrazarme.

—Reed Perry, ¿desde cuándo eres tan explícito?

—Probablemente desde que conocí a una mujer que me hizo darme cuenta que a veces es necesario hablar desde el corazón.

Sonreí, y ella hizo lo mismo. Su sonrisa iluminaba su rostro de una manera que me hizo sentir que todo estaría bien, que podíamos hacerlo funcionar.

Nos quedamos así por un momento, envueltos en la calidez de nuestro abrazo, en la certeza de que habíamos cruzado otra línea más y que no había vuelta atrás. Y, de alguna manera, eso estaba bien. Mejor de lo que hubiera imaginado.

—Yo también he estado pensando en ti— confesó finalmente, con un tono más suave—. Y por eso me alejé, porque tenía miedo de lo que eso significaba. Pero ahora sé que no puedo seguir huyendo, Reed. También quiero que estemos juntos.

—Entonces, vamos a intentarlo.

Incliné la cabeza para que nuestras frentes se tocaran en un gesto íntimo y tranquilizador.

—Sin más dudas.

—Sin más dudas— repitió, susurrando.

Nos quedamos así, en silencio, saboreando la verdad de nuestras palabras. Todo lo que había sido difícil, todo lo que nos había separado, parecía desvanecerse, dejándonos a ambos solo con el deseo de seguir adelante, de ver qué pasaría a continuación.

Finalmente, levanté la cabeza y busqué sus labios. No fue un beso apresurado ni lleno de la urgencia que habíamos sentido antes.

Fue un beso lleno de promesas, de algo que empezaba, algo que ambos sabíamos que sería diferente a todo lo que habíamos experimentado antes.

Nos separamos lentamente, sonriendo como dos adolescentes que acaban de compartir su primer beso, seguros de que lo que habíamos encontrado era especial. Algo que, pese a todas las dificultades, había llegado para quedarse. Y mientras la abrazaba de nuevo, supe que no importaba lo que nos deparaba el futuro.

Me daba igual, si era a su lado.

EPÍLOGO

CONNIE
Un año después

Nuestro primer aniversario llegó en un abrir y cerrar de ojos. Y estábamos celebrándolo de la mejor manera posible: con una disputa amistosa sobre quién de los dos era el mejor cocinero.

Yo, por supuesto, me proclamaba la reina indiscutible de la cocina, mientras que Reed, con una ceja arqueada y un delantal que decía "El Chef del Corazón", insistía en que su *risotto* podía competir con cualquier plato de cinco estrellas.

—Connie, ¿de verdad vas a insistir en que tus macarrones con queso caseros son superiores a mi *risotto* de setas?— preguntó Reed, mientras removía cuidadosamente la mezcla cremosa en la sartén.

Me apoyé en la encimera, sonriendo con cierta superioridad.

—Oh, venga ya. Mis macarrones no son cualquier cosa. Es una receta secreta que he perfeccionado durante años. Y además, no olvides que tú eres un hombre práctico, no un chef de alta cocina.

Reed dejó escapar una carcajada y se giró hacia mí, sosteniendo la cuchara de madera como si fuera un cetro real.

—No subestimes al hombre que conquistó Wall Street, ni tampoco la cocina.

—Ahora soy yo la que no te subestima, pero deberías saber que tengo algunos trucos bajo la manga —le guiñé un ojo, y Reed dejó la sartén por un momento, acercándose para darme un beso.

—No hay trucos que puedas usar para vencerme hoy, querida— susurró contra mi piel, y no pude evitar sentir ese cosquilleo familiar que siempre aparecía cuando estaba cerca de él.

Desde aquello que pasó en su empresa y todo lo que vino después, las cosas habían cambiado radicalmente, pero para mejor. Reed, aunque seguía siendo el CEO del imperio que había construido junto a su hermano, había aprendido a delegar más y a involucrarse menos en cada pequeña decisión. Aún era el jefe, claro, pero también era un hombre que sabía cuándo era hora de apagar el teléfono y concentrarse en lo realmente importante: nosotros.

Por mi parte, tras completar el proyecto en su empresa, había decidido iniciar mi propia consultoría. Crystal se había unido como socia, y el negocio iba viento en popa.

Nuestro enfoque en mejorar la cultura laboral y la productividad había resonado con tantas compañías que no parábamos de recibir peticiones. Lo mejor de todo era que Reed era mi mayor fan, apoyando cada una de mis ideas, incluso cuando significaba que nos veríamos menos por nuestras agendas ocupadas.

—¿Sabes? —continuó Reed, acercándome una cucharada de *risotto* para que lo probara—. Me encanta verte en acción con tus clientes. Nunca dejas de sorprenderme con lo que eres capaz de lograr. Aunque eso signifique que a veces tengo que programar una cita contigo solo para poder verte.

—¿Estás insinuando que paso demasiado tiempo trabajando?— repliqué, aceptando la cuchara y oliendo el delicioso aroma que emanaba del arroz. Mi boca casi se hizo agua.

—Lo que estoy diciendo— corrigió Reed con una sonrisa juguetona — es que me encantaría tenerte más tiempo en casa. Pero me gusta la pasión que pones en todo lo que haces. Es una de las cosas que más amo de ti."

Probé un bocado y tuve que admitir, al menos internamente, que aquello estaba increíble. Pero, no iba a dárselo tan fácil.

—Está bueno, Perry, pero todavía tengo que preparar mis macarrones. No cantes victoria tan rápido.

Reed soltó una carcajada estruendosa y auténtica, esa risa que había llegado a amar tanto.

—Me conformo con un empate, pero sólo porque hoy es nuestro aniversario. Mañana te derrotaré sin piedad.

—Eso es lo que me gusta de ti, nunca te rindes.

Me acerqué a él y lo besé suavemente en los labios, sintiendo esa chispa que jamás se apagaba entre nosotros.

—Pero que quede claro, yo nunca pierdo.

—¿Eso es un desafío, Connie Lowe?— preguntó, envolviendo sus brazos alrededor de mi cintura y acercándome más a él.

—Siempre—, le respondí con una sonrisa, mientras dejaba que el momento se prolongara, simplemente disfrutando de estar en sus brazos.

Durante aquel año, habíamos tenido nuestras diferencias, nuestras discusiones. Ninguna relación es perfecta, pero nos habíamos acostumbrado a resolver las cosas de una manera que funcionaba para ambos. Reed había aprendido a abrirse más, a confiar en mí no solo como su pareja, sino también como alguien que podía desafiarlo y hacer que viera las cosas desde otra perspectiva.

—¿Sabes lo que estaba pensando para la próxima semana?— preguntó mientras me soltaba, regresando a la sartén para preparar otra dosis de *risotto* —. Deberíamos tomarnos un par de días libres. Irnos a algún lugar donde no haya llamadas, ni correos electrónicos, ni trabajo.

Levanté una ceja.

Vaya, aquello sí que era una novedad.

—¿Estás sugiriendo unas vacaciones?

—Exacto. Bueno, más bien una escapada. He estado investigando algunos lugares, y hay un pequeño hotel en las montañas que parece perfecto. Se supone que tiene vistas espectaculares, cabañas acogedoras y... sin WiFi.

—Eso suena demasiado perfecto para ser cierto. ¿Tú, desconectado del mundo durante más de un día? Reed Perry, eso sí que es un milagro.

Reed sonrió, con esa sonrisa pícara que tanto me gustaba.

—Estoy dispuesto a intentarlo. Por ti, cualquier cosa.

—Entonces, es un trato— acepté, sintiendo una oleada de emoción ante la idea de pasar unos días tranquilos y románticos con él—. Pero solo si prometes no intentar superar mis macarrones mientras estemos allí.

—Haha. No cocinaremos estando allí, tontita. Pero de acuerdo. Prometido.

Nos reímos juntos, y mientras lo hacía, me di cuenta de lo afortunados que éramos de habernos encontrado. Sí, nuestras vidas eran complicadas y llenas de desafíos, pero lo hacíamos funcionar. Porque al final del día, lo que teníamos era más que suficiente.

—Connie— dijo Reed mientras dejaba la sartén y venía hacia mí de nuevo —. Hay algo más que quiero decirte, y sé que ya lo sabes, pero... te amo.

Esas palabras, dichas con tanta sinceridad y sin ninguna pretensión, hicieron que mi corazón diera un vuelco. Las decía a menudo y aún así nunca las daba por sentado. Lo miré, viendo al hombre que había llegado a significar tanto para mí, y supe que no había otro lugar en el mundo donde quisiera estar más que aquí, con él.

—Y yo a ti, Reed— respondí, poniendo una mano en su mejilla —. Más de lo que puedes imaginar.

Nos besamos de nuevo, sellando no solo nuestro aniversario, sino todo lo que habíamos logrado juntos en el último año. Y mientras lo hacía, supe que teníamos muchos más momentos como este por delante. Momentos llenos de risas, amor, y, por supuesto, disputas culinarias amistosas.

Pero eso era lo que hacía que nuestra vida juntos fuera tan perfecta. Porque con Reed a mi lado, cada día era una nueva aventura, y no había nada que deseara más que seguir explorándolas junto a él.

Una llama prende entre nosotros

CAPÍTULO 1

COURTNEY

Las oficinas de GreenOil eran justo como me las había imaginado: un laberinto de vidrio, acero y arrogancia corporativa.

Caminé por el vestíbulo, dispuesta a interpretar mi mejor papel y salir de allí lo antes posible, ajustando la correa de mi bolso sobre el hombro y forzando una sonrisa amable para la recepcionista, quien me devolvió un gesto tan profesional que me hizo pensar que podría haber sido programada para ello.

—Soy Courtney Adams, del *Times* —dije, inclinándome ligeramente hacia ella.

Tecleó mi nombre con rapidez y asintió.

—Sí, aquí está. La he encontrado. La conferencia de prensa está a punto de comenzar. El señor Morgan los está esperando a todos en la sala de conferencias 4A.

El señor Morgan, pensé, mientras seguía las señales hacia la sala designada. El hombre detrás del título era Clint Morgan, el director de seguridad de GreenOil, y mi objetivo del día.

Sabía, por mi investigación, que era tan impenetrable como la caja fuerte de un banco, pero también era consciente de que las cajas fuertes pueden abrirse con las herramientas adecuadas. Y yo tenía todas esas herramientas.

Llegué a la sala de conferencias y me detuve junto a la puerta para observar el panorama. La habitación estaba llena de periodistas, varios viejos conocidos, y todos ocupando sus asientos frente a una mesa larga donde los ejecutivos de GreenOil ya estaban sentados, incluyendo a Clint Morgan.

Lo reconocí de inmediato: alto, muy atractivo, con un porte que destilaba autoridad, y unos ojos fríos que parecían leer a todos y cada uno de los visitantes. Llevaba un traje negro impecable que hacía un juego innegable con esa expresión de seguridad.

Cuando nuestras miradas se cruzaron, hubo una leve alteración en su rostro. A lo mejor levantó un poco las cejas, no estoy segura. Me sonrió, pero era esa clase de sonrisa que plantea más preguntas que respuestas.

Bueno, esto va a ser interesante, pensé, y entré en la sala con pasos firmes.

Me senté en la primera fila, justo frente a la mesa. No estaba allí para pasear el palmito ni para perder el tiempo. Tenía bastantes preguntas que hacer. Clint se echó un poco hacia atrás, claramente sorprendido por mi elección de asiento, pero no dijo nada.

El moderador empezó la conferencia con una presentación aburrida sobre las nuevas iniciativas "verdes" de GreenOil, pero yo no había ido para escuchar aquella versión azucarada de las cosas. Mi misión era simple: conseguir que Clint Morgan revelara algo útil, o mejor aún, que cometiera un error en su discurso.

Esperé hasta el final de la presentación, cuando la sesión de preguntas y respuestas comenzó, y levanté la mano a toda prisa. El moderador, un tipo rechoncho con una corbata demasiado ajustada, me señaló y me dio la palabra.

Me presenté:

—Courtney Adams, del *Times*. Mi pregunta es para el señor Morgan.

Clint me miró directamente, y sus ojos azules parecieron perforar los míos. No pude evitar sentir un pequeño escalofrío, pero lo ignoré.

—Señor Morgan, GreenOil ha sido objeto de críticas recientes por su falta de transparencia en temas ambientales. ¿Puede decirnos qué medidas específicas está tomando la compañía para abordar estas preocupaciones?

Clint me estudió un segundo antes de responder, como si estuviera calculando exactamente cuánto decir y cuánto guardarse para sí mismo. El *Times* no era ninguna tontería.

Se aclaró la garganta y soltó su respuesta, más que preparada:

—Buenos días, Courtney. Bienvenida, lo primero de todo. GreenOil ha implementado una serie de nuevas políticas diseñadas para reducir nuestra huella de carbono y mejorar la transparencia con nuestros accionistas y el público en general —dijo, con una voz tan controlada como su postura—. Estamos comprometidos a seguir siendo líderes en la industria, no solo en producción, sino también en responsabilidad corporativa.

¿He dicho preparada? Esa respuesta estaba preparadísima. Clint Morgan venía a punto para el examen.

Me recosté en mi asiento, fingiendo estar impresionada.

—¿Podría darnos un ejemplo concreto de una de esas políticas? Algo que no sea simplemente un eslogan de marketing.

Noté un ligero tic en su mandíbula, casi imperceptible, pero lo suficiente como para saber que había tocado una fibra sensible.

—Por supuesto —dijo, sin perder la compostura—. Recientemente hemos establecido un equipo de auditoría interna que trabaja independientemente para garantizar que todos nuestros procesos cumplan con los estándares más altos. Cualquier desviación es reportada directamente a la junta directiva, y las medidas correctivas se implementan de inmediato.

Bien jugado, pensé. Estaba claro que Clint era un maestro en el arte de dar respuestas sin realmente decir nada.

—Interesante —dije, sin retroceder—. Pero, ¿qué pasa con las acusaciones que dicen que GreenOil ha estado ocultando incidentes de derrames en algunas de sus instalaciones?

Algunas cabezas se giraron en la sala, sorprendidas por mi audacia, pero yo mantuve mi mirada fija en Clint. Esta vez, su sonrisa se desvaneció un poco, y vi algo más oscuro asomándose a su mirada.

—Esas acusaciones son completamente infundadas —dijo, con un tono más frío—. Cada incidente, por menor que sea, es reportado y manejado de acuerdo con las regulaciones. Cualquier insinuación de lo contrario es falsa, señorita Adams.

Lo dijo con una autoridad que hizo que casi me lo creyera. Casi. Pero había algo en su respuesta, en la manera en que su tono se endureció, que me decía que estaba ocultando algo. Decidí jugármela un poco más.

—¿Está seguro de eso? Porque he oído rumores de que no todas las instalaciones siguen los mismos protocolos, especialmente en los campos más remotos. Solo quiero saber su postura.

Esta vez, su reacción fue inmediata. Se inclinó hacia adelante, apoyando las manos sobre la mesa. Sus ojos brillaron con una intensidad que casi me tiraba para atrás. Normalmente cuando estoy trabajando soy completamente inmune a los hombres atractivos, pero Clint Morgan estaba en otra liga. Era *demasiado* atractivo.

—Señorita Adams, le aseguro que esos rumores no son más que eso: rumores. Si tiene alguna evidencia concreta de lo contrario, le sugiero que nos la presente. De lo contrario, me temo que está pisando un terreno peligroso, al basar sus preguntas en meras especulaciones.

Sentí cómo el aire en la sala se volvía más denso, y por un momento, nadie habló. El resto de periodistas miraban expectantes, esperando mi respuesta. Sentí un nudo en la garganta, pero tragué saliva y mantuve la cabeza en alto.

—Señor Morgan...soy periodista. Mi trabajo es hacer preguntas difíciles y buscar la verdad, no aceptar respuestas complacientes —dije, con voz firme a pesar del nerviosismo que comenzaba a aflorar en mi interior.

Clint me miró y en un segundo algo cambió en su expresión. No estaba seguro de si era respeto o desafío, pero definitivamente era *algo*. Al final asintió lentamente.

—Lo entiendo —dijo con un tono más suave—. Y espero que encuentre las respuestas que está buscando, señorita Adams. En general. En la vida.

Dios.

No le gustaba lo que acababa de pasar.

Clint paseó la vista entre el resto de periodistas.

Hubo un silencio tenso en la sala antes de que el moderador interviniera para pasar a la siguiente pregunta, pero yo no presté atención. Mi mente estaba atrapada en las palabras de Clint y en la intensidad de su mirada. No había salido muy bien parado y aún así me había dejado clavada en la silla.

Cuando la rueda de prensa terminó, recogí mis cosas y me dirigí hacia la salida, pero no pude evitar una última mirada hacia la mesa. Clint seguía allí, conversando con uno de los ejecutivos. Aún así, me estaba mirando. Sus ojos se encontraron con los míos una vez más. Esta vez, su sonrisa fue más genuina, pero también desafiante.

Piensa que ha ganado, pensé, mientras salía de la sala.

Y tal vez Morgan pensaba que eso había acabado allí.

Mi intuición me decía todo lo contrario. Nuestros caminos iban a volver a cruzarse.

Y no estaba segura de si eso era algo bueno o malo.

Lo único que sabía con certeza era que me esperaba un juego peligroso.

Pero yo siempre estoy preparada para jugar.

CAPÍTULO 2

CLINT

Al día siguiente del encuentro con la prensa aún no había hablado con nadie en la oficina y ya necesitaba una segunda taza de café. Me la serví enseguida, indulgente.

La primera imagen que había cruzado mi mente al despertarme aquel día fue la de Courtney Adams, con su mirada desafiante y esa maldita sonrisa que me había dejado clavado en la silla. Dios, qué ridículo fue...

Me di cuenta también de que ella había sido lo último en lo que había pensado antes de dormirme.

No era la primera vez que un periodista se cruzaba en mi camino, pero había algo en esa mujer que me hacía querer... bueno, provocar un pequeño desastre solo para tener una excusa para volver a verla.

No podía sacármela de la cabeza. Las preguntas que me hizo fueron incisivas, como si supiera exactamente dónde hurgar para hacerme perder el control. Y eso era exactamente lo que quería: más de esa insolencia, más de *ella*.

—Buenos días, tío Clint —saludó Preston al entrar en mi oficina, interrumpiendo mis pensamientos. Tenía el aspecto de un veinteañero disfrazado de ejecutivo, con su camisa algo arrugada y la corbata floja. Supongo que exactamente lo que era: un veinteañero.

—Preston. Recuerda que aquí soy Clint a secas —respondí, tratando de concentrarme en lo que tenía que hacer ese día, aunque ya sabía que lo primero en mi lista era averiguar más sobre Courtney—. Necesito que hagas algo por mí.

—¿Qué tenemos hoy?

Me apoyé en el respaldo de mi silla, sin apartar las manos del ratón de mi ordenador.

—Se trata de Courtney Adams, la reportera del *Times* que ayer la lió un poco en esa absurda rueda de prensa que no deberíamos de haber convocado. Quiero toda la información que puedas conseguir sobre ella. Lo que le gusta, lo que odia, dónde vive, todo. Me dijiste que te manejabas bien en Internet, ¿no? Pues ponte a investigar.

Preston se rio.

—Si no la hubiésemos convocado ella no habría venido —dijo—. ¿Te dejó impresionado, no?

Lo miré con una expresión de "no te hagas el listo", pero la verdad era que tenía razón.

—Es más que eso. Tiene agallas, y quiero asegurarme de que está en el radar correcto. Además, hay algo en ella que... bueno, no te voy a dar muchas explicaciones. Simplemente necesito saber más.

Preston se acomodó en la silla frente a mí, inclinándose hacia adelante con una sonrisa cínica. Por supuesto que quería saber más.

—A ver si lo adivino. La idea es invitarla a una de nuestras plataformas para una "visita guiada", y de paso, impresionarla con tu conocimiento sobre seguridad industrial —me soltó.

Me quedé mirando a mi sobrino. Preston no era tan limitadito como había creído antes de incorporarlo a nuestra plantilla. Estaba allí por hacerle un favor a mi hermano mayor, Bradley, y por insistencia de nuestra madre, pero tenía que reconocer que Preston era bastante infalible a la hora de hacer el trabajo sucio. Y yo siempre me decía que teniéndolo allí conmigo, en GreenOil, se estaba curtiendo para este despiadado mundo.

—¿Invitarla? Uhm... No es mala idea.

Me levanté de un salto y dejé volar mi imaginación:

—Si la llevamos a una de las plataformas petrolíferas, podré mostrarle cómo hacemos las cosas de verdad. Y si eso significa que me tomará más en serio, aún mejor.

Preston se rió, negando con la cabeza.

—Siempre tan estratega, tío. Aunque lo de la seguridad es solo la excusa, ¿verdad?

No podía mentirle a Preston. Lo había visto crecer.

—¡Aquí es Clint, recuerda! Y por supuesto que es una excusa. No puedo sacármela de la cabeza, y quiero ver hasta dónde llega esa...energía entre nosotros.

Preston se levantó, todavía sonriendo, y se dirigió a la puerta.

—De acuerdo, me pondré a trabajar en eso. No me lo perdería por nada del mundo. Te enviaré todo lo que encuentre sobre Courtney Adams.

Eso lo mantendría ocupado el resto de la mañana. Cuando Preston salió, me incliné hacia adelante, pensando en cómo poner en marcha mi plan.

Sabía que una simple invitación no sería suficiente para Courtney. Necesitaba una razón convincente, algo que la hiciera sentir que estar allí era esencial para su reportaje. Y ahí es donde mi idea comenzó a tomar forma.

Preston había tenido una gran idea. Una visita a una de nuestras plataformas petrolíferas sería perfecta. No solo podría mostrarle las medidas de seguridad en detalle, sino que también la tendría en un entorno controlado, lejos del bullicio de la oficina y las distracciones. Sería la oportunidad perfecta para conocerla mejor, para averiguar qué era lo que la hacía tan especial, y si había algo más entre nosotros además de una tensión absurda.

Abrí mi bandeja de correo. Mientras revisaba algunos e-mails, mi mente seguía trabajando en los detalles.

La invitación tenía que parecer profesional, pero tener también un toque personal, algo que la hiciera sentir que no era una simple visita más.

Decidí enviarle un correo, pero no uno cualquiera. Todos los periodistas nos dejaban sus datos de contacto, así que estaba perfectamente localizable. Quería que supiera que estaba interesado en su perspectiva y que valoraba su opinión. Y que aquella oportunidad era solo para el *Times*.

Al fin y al cabo, si iba a seducirla, primero tenía que ganarme su confianza.

De: Clint Morgan
Para: Courtney Adams
Asunto: Visita a Plataforma GreenOil

Courtney,

Espero que estés bien. Después de nuestro encuentro en la rueda de prensa, he pensado que una visita a una de nuestras plataformas podría darte una visión más clara y detallada de cómo GreenOil maneja la seguridad en sus instalaciones, ya que me pareció que era algo que te interesaba.

Me encantaría invitarte personalmente a que nos acompañes en un recorrido especial la próxima semana. Creo que sería una excelente oportunidad para que veas de primera mano el compromiso de nuestra compañía con las normas de seguridad y transparencia.

Espero que consideres esta invitación. Estoy seguro de que encontrarás la visita amena e informativa y, quizás, incluso esclarecedora para tu investigación.

Saludos,
Clint Morgan

LEÍ EL CORREO VARIAS veces, asegurándome de que sonara lo suficientemente formal, pero con ese toque personal. Justo cuando estaba a punto de enviarlo, Preston volvió a entrar en la oficina.

—Ya lo tengo, tío Clint. Te acabo de enviar un archivo con todo lo que he podido encontrar sobre Courtney. Tiene un currículum bastante impresionante, debo decir.

—Vaya, qué rápido. Gracias —hice una pausa antes de preguntar—. ¿Algo interesante?

Preston se apoyó en el borde de mi escritorio, cruzando los brazos.

—Parece una mujer complicada. Ha estado en más de una situación peligrosa debido a su trabajo, y parece que no le teme a nada. También hay un par de artículos que escribió en sus primeros días, más personales, sobre cómo el periodismo es lo que la mantiene enfocada. Y en lo personal... bueno, no parece tener mucha vida social. Diría que dedica la mayor parte de su tiempo a su trabajo.

Me quedé en silencio por un momento, procesando esa información.

Una mujer complicada.

Esa era mi especialidad.

Pero aún así, no me lo creía. Alguien tan adorable no puede ser complicada.

Estaba seguro de que solo necesitaba un rato a solas con ella para que comiese de mi mano.

Cuanto más sabía de Courtney, más quería conocerla. Cuando nuestras miradas se habían cruzado me había reflejado en ella, la veía como una igual, y eso me hacía sentir que tal vez... solo tal vez... podíamos ser algo más que dos profesionales en lados opuestos de una historia.

—Voy a enviarle una invitación —anuncié—. Y tú prepararás la visita en cuanto ella nos confirme. Y, Preston, asegúrate de que todo salga perfecto. Quiero que cada detalle esté bajo control.

—Soy tu hombre, tío Clint. No te preocupes, me encargaré de todo. Se va a quedar impresionada.

—¡Clint a secas!

Cuando Preston se fue, envié el correo y me recosté en mi silla, acusando los nervios que sentía al hacer ese clic. No estaba acostumbrado a esto: a esperar con ansias la respuesta de alguien, a preguntarme si aceptaría mi invitación. Pero ahí estaba, con el corazón latiendo un poco más rápido de lo habitual, anticipando el momento en que Courtney leería mi mensaje.

Y mientras esperaba, no pude evitar sonreír. Porque, aunque Courtney Adams no lo sabía todavía, estaba a punto de entrar en mi mundo.

Y yo iba a asegurarme de que, una vez dentro, no quisiera salir de él.

CAPÍTULO 3

COURTNEY

Leí el correo de Clint Morgan por segunda vez, analizando cada una de sus palabras. La invitación a visitar una de sus plataformas petroleras era tentadora. Sabía que sería la oportunidad perfecta para obtener información de primera mano sobre las operaciones de GreenOil, pero también tenía claro que Clint no hacía esto solo por amabilidad.

Había un motivo oculto, y probablemente, parte de ese motivo tenía que ver con su interés en mí. Aunque, para ser honesta, eso no me molestaba tanto como debería. Supongo que había sido aquella forma de mirarme. No lo sé. A lo mejor me equivocaba, pero mi instinto me decía que no. Que yo había...llamado su atención.

O tal vez solo lo había sacado de quicio.

Suspiré, cerré la pantalla del ordenador y me recosté en la silla. En mi trabajo, era común recibir invitaciones de personas que intentaban influir en cómo se contaban sus historias. Pero Clint no parecía del tipo que se contentara solo con influir. Quería controlarlo todo, y eso me incluía a mí. ¿Quería ir?

Sí, por supuesto que quería saber qué tenía que contarme. Estaba claro que en aquella rueda de prensa encorsetada no había hablado con la libertad que yo podría conseguir en un encuentro un poco más...privado.

Eché un vistazo a mi escritorio, y entonces me di cuenta de que había un sobre en una esquina. Me habían enviado una carta y alguien de administración la había dejado allí. No lo había visto cuando entré, probablemente porque estaba pensando en el correo de Clint Morgan.

Lo abrí sin darle mucha importancia, pero al leer su contenido, me encontré con una amenaza anónima:

Deja de husmear donde no te llaman, o lo lamentarás.

No pude evitar sonreír. Las amenazas eran casi un cliché en mi trabajo. Había recibido muchas durante los últimos años, especialmente cuando estaba a punto de destapar algo importante.

Esta nueva nota era una señal clara de que mi investigación sobre GreenOil estaba tocando fibras sensibles. Me encantaría saber si alguien de la compañía estaba detrás de esto, aunque era imposible confirmarlo sin pruebas.

Sin embargo, no tenía tiempo para preocuparme por eso. Abrí el cajón superior de mi mesa y eché allí la carta amenazante. Otra más para la colección.

Tenía que prepararme para la cena de esa noche. Julie, una amiga cercana y colaboradora en el *Times*, me había invitado a la cena de aniversario del suplemento económico. Sabía que asistirían ejecutivos de todas las grandes empresas de la ciudad, incluidas algunas personas clave de GreenOil. Había pensado en mil excusas para librarme de aquello, pero Julie insistió en que fuese.

—Courtney, tienes que ir. No solo porque es un evento importante, sino porque hay rumores de que Clint Morgan estará allí. Y me encantaría ver cómo manejas eso después de vuestro atropellado encuentro—había dicho esto último con un guiño que casi podía ver a través del teléfono.

Sonreí. Clint Morgan estaba en boca de media ciudad, por el simple hecho de que era guapo y no se le conocía pareja alguna.

Eso había dado lugar a habladurías sobre una posible homosexualidad que estaría tratando de ocultar, y a mí esa idea me parecía ridícula. No solo porque estábamos en el siglo veintiuno y nadie tiene por qué ocultar nada, sino porque Clint derrochaba testosterona y heterosexualidad por cada poro de su piel, y te dabas cuenta en el momento en que entrabas en la misma habitación en la que él estaba.

Pero Julie siempre sabía cómo empujarme justo donde quería, y en este caso, no me importaba. Lo cierto es que estaba ansiosa por encontrarme con Clint en un terreno más neutral y, quizás, obtener más de lo que él planeaba darme.

A la hora del almuerzo, le envié un email breve y conciso, aceptando su invitación:

DE: COURTNEY ADAMS
  Para: Clint Morgan
  Asunto: Re: Visita a Plataforma GreenOil
  Clint,
  Gracias por la invitación. Acepto tu propuesta. Para mí es importante ver las operaciones de primera mano y así dar la mejor información posible. Confirmaré los detalles con tu equipo. Nos vemos pronto.
  Saludos,
  Courtney Adams

ESA NOCHE, CUANDO LLEGUÉ al hotel donde se celebraba la cena, vi que estaba muy concurrido con las caras habituales de las élites de Nueva York.

El ambiente vibraba con conversaciones animadas, el tintineo de copas de champán y una música suave de fondo. Julie me recibió en la entrada, luciendo un atuendo rojo impactante que contrastaba con mi elección más sobria: un vestido negro con el que pretendía pasar desapercibida.

—¡Por fin! —exclamó Julie, abrazándome—. Vamos, hay alguien que ha preguntado por ti.

Me condujo por la sala, presentándome a varias personas importantes. Sin embargo, mi mente estaba en otra parte, preparándome para el encuentro que sabía que se avecinaba. Y como si mis pensamientos lo hubieran invocado, lo vi.

Clint Morgan estaba ya allí, de pie junto a un grupo de hombres trajeados. Su presencia dominaba la conversación. Era evidente que estaba tan seguro de sí mismo, tan al mando, que por un momento me detuve solo para observarlo.

Julie lo notó y me dio un empujoncito en la espalda. Le había contado lo tenso que fue nuestro encuentro en la conferencia de prensa de GreenOil, pero no le había dicho nada sobre su invitación por email.

—No dejes que te intimide —susurró—. Recuerda que es solo un hombre.

—Eso es justo lo que me preocupa —murmuré, antes de acercarme.

Clint me vio antes de que llegara a la barra, y su sonrisa se ensanchó de una manera que hizo que mi corazón latiera un poco más rápido.

Maldita sea.

—Courtney —dijo con esa voz profunda e inconfundible—. No estaba seguro de si te vería aquí esta noche, por eso te envié el email. Bueno, en realidad no esperaba verte, de hecho, me han dicho que no sueles dejarte caer por este tipo de eventos, si son por la noche...

—Y yo no esperaba que me aceptaras en tu rueda de prensa, pero en fin...supongo que aquí estamos —le respondí, sosteniendo su mirada.

Mi cuerpo se había tensado. Estaba a la defensiva, eso era evidente. ¿Le habían dicho que no salgo por las noches? ¿Quién me conoce tan bien? ¿Quién va contando ese tipo de intimidades?

Él se rió suavemente, como si entendiera el juego al que estábamos jugando, pero sin intención de perderlo.

—Creo que ambos disfrutamos de las sorpresas, entonces.

—Solo si son agradables —repuse, inclinándome un poco y asegurándome de que mi tono fuera lo suficientemente intrigante para mantenerlo interesado.

Clint tomó un sorbo de su copa de Moët, sin apartar sus ojos de los míos.

—Estoy seguro de que disfrutarás de la visita a la plataforma —dijo, desviando la conversación hacia un terreno más seguro.

Juraría que no me equivocaba.

¿Estaba interesado en mí?

¿En llevarme a la cama?

¿O solo en averiguar exactamente qué pretendía escribir antes de que llegase al papel?

—Eso espero —respondí—. Porque si descubro algo que no debería, créeme, seré la primera en exponerlo.

—Nunca lo he dudado —su voz fue suave, casi seductora, y me di cuenta de que, por primera vez en mucho tiempo, alguien estaba intentando seducirme con palabras, no solo con su poder.

Dios mío, ¿iba a poder resistirme a ese hombre?

La tensión entre nosotros creció mientras la conversación seguía. Sabía que estaba jugando con fuego, pero no podía evitarlo. Había algo en Clint Morgan que me atraía de una manera que no entendía del todo.

Pasamos a la gran sala donde se celebraba la cena, salpicada de mesas redondas exquisitamente decoradas.

La cena se desarrolló como un juego de ajedrez, cada movimiento calculado, cada palabra cuidadosamente elegida. Siempre que nuestras miradas se cruzaban a lo largo de la noche, sentía una corriente eléctrica que me mantenía alerta, excitada por lo que podría suceder a continuación.

Cuando la velada llegó a su fin, y me dirigí hacia la salida, una sensación de inquietud se instaló en mi pecho. Sabía muy bien que acercarme a Clint era peligroso, tanto profesional como personalmente. Pero, de alguna manera, la idea de la visita a la plataforma, de estar cerca de él en un entorno mucho más privado, empezaba a obsesionarme.

Creo que mientras yo me marchaba oí su voz. Tal vez me llamaba para despedirse, pero yo huí de allí a las doce en punto, como una princesa Disney con toque de queda.

Corrí hacia un taxi y me hundí en el asiento trasero, tratando de calmar los pensamientos que daban vueltas en mi cabeza.

Sabía que estaba entrando en territorio peligroso, y que podía salir chamuscada de todo aquello si no tenía cuidado. Pero había algo en ese *peligro* que me resultaba irresistible. Y eso era lo que más me aterrorizaba.

CAPÍTULO 4

CLINT

La plataforma petrolífera North Atlantic se alzaba imponente en medio del océano, como una fortaleza de metal, con su ruido constante y eterno. El viento soplaba fuerte, agitando mi cabello, mientras observaba el horizonte.

El helicóptero apareció como un pequeño punto en la distancia, acercándose a toda velocidad. Sabía que dentro de ese trasto estaba Courtney, y con ella, las preguntas punzantes que seguramente ya tenía preparadas.

Mientras esperaba, no podía evitar recordar la cena de la otra noche. Courtney se había escabullido antes de que pudiera retenerla. Mi plan se había venido abajo. Esa era la noche en que planeaba seducirla. Hacerla, por fin, mía. Y habría jurado, por un momento, que ella también estaba más que receptiva.

Solo nos faltó un poco más de intimidad.

Estuvimos tan cerca de ese momento, de ese beso que, lo sabía, habría cambiado todo. Pero no, ella había jugado sus cartas y se había ido de la cena a las doce en punto, dejándome con un deseo frustrado y mucho más intenso.

—Tío Clint —Preston apareció a mi lado, sacándome de mis pensamientos—. ¿Estás listo para esto? Es un poco como...meterse en la boca del lobo. O más bien, atraer a la loba hasta tu madriguera.

Parpadeé. Había desistido de pedirle que no me llamase *tío Clint* cuando estábamos trabajando. Era inútil.

—Ahora mismo no necesito tus metáforas, Preston. Y sí lo estoy —respondí, aunque mi mente estaba parcialmente distraída—.

Courtney no es una mujer fácil de impresionar, pero haremos un esfuerzo.

Preston me miró.

—¿De verdad que es solo eso lo que te preocupa? —preguntó, con su tono insinuante.

—Corta el rollo. Es una periodista. No puedo permitirme distracciones, especialmente cuando se trata de alguien tan aguda como ella. Es mejor solucionar todo esto de una vez. Agasajarla y asegurarnos de que no escribe nada inconveniente sobre GreenOil.

Obviamente, no le mencioné a Preston lo mucho que me había costado dejar que se fuera sin besarla aquella noche. Courtney tenía una forma de colarse en mis pensamientos una y otra vez... y por mucho que me costara admitirlo, la principal razón por la que estaba volando hacia allí en ese helicóptero era porque la deseaba. Y eso, considerando las cosas que tenía que ocultar, era un problema.

El helicóptero aterrizó y de él bajaron los primeros técnicos, seguidos por Courtney. Ella parecía tan profesional como siempre, impecable con su traje de chaqueta, pero algo en su postura era diferente. Parecía más tranquila, menos a la defensiva que en nuestros encuentros anteriores. O tal vez era solo mi imaginación.

—Bienvenida —la saludé con una sonrisa, extendiéndole la mano.

—Clint —respondió con un leve asentimiento—. Gracias por la invitación. Estoy ansiosa por ver cómo funcionan las cosas aquí.

Sus palabras eran correctas y educadas, pero su tono sugería que estaba en modo de investigación total. Esto no era solo una visita para ella; era una cacería.

Preston la saludó con una sonrisa educada y se retiró, tal y como le había ordenado, y Courtney y yo, después de ponernos los monos de seguridad, nos encaminamos hacia el centro de la plataforma.

Las máquinas rugían a nuestro alrededor, y los trabajadores se movían con precisión y ritmo, como un enjambre bien coordinado. Courtney caminaba a mi lado, observando cada detalle, haciendo preguntas puntuales que demostraban que venía con los deberes hechos.

—Así que, Clint —empezó mientras pasábamos junto a una serie de válvulas masivas—, ¿cómo garantizáis la seguridad en un entorno tan volátil? He leído sobre incidentes recientes en otras compañías.

—La seguridad es nuestra prioridad número uno —le respondí, sabiendo que esa respuesta no la iba a satisfacer—. Usamos la tecnología más avanzada y mantenemos estrictos protocolos para minimizar cualquier riesgo.

—¿Y eso incluye...?

Courtney me había lanzado una serie de preguntas sobre los sistemas de prevención de incendios, los controles ambientales y las políticas de mantenimiento, cada una más rebuscada que la anterior.

—Incluye todo —respondí con una sonrisa, haciendo lo posible por no parecer alterado—. Puedo asegurarte que estamos en la cima de la industria en lo que respecta a seguridad.

—Lo dices como si fuera algo fácil de conseguir, —replicó ella, con sus ojos fijos en los míos—. Pero, ¿qué pasa cuando algo sale mal? ¿Quién asume la responsabilidad?

—Es parte del riesgo de trabajar en este sector, —admití—. No podemos prever todo, pero podemos estar preparados para lo peor. Y créeme, lo estamos.

Courtney parecía reflexionar sobre mis palabras, como si estuviera sopesando cada una en busca de algo oculto. Su mente parecía funcionar a toda velocidad, incluso mientras sentía la presión de su escrutinio.

Finalmente, llegamos a un área más alejada del bullicio principal, donde el sonido de las máquinas era menos ensordecedor. Los trabajadores estaban ocupados en otras tareas y nos quedamos momentáneamente solos. Courtney se detuvo y miró a su alrededor, luego se volvió hacia mí con una sonrisa que era casi... desafiante.

—Es un lugar impresionante, Clint —dijo—. Pero tengo la sensación de que no todo lo que veo es tan perfecto como parece.

—Eso depende de lo que estés buscando, Courtney, —respondí, dándome cuenta de lo cerca que estábamos uno del otro—. Y de lo que estés dispuesta a aceptar.

Hubo un momento de silencio tenso, roto solo por el sonido del viento y el ruido ya lejano de la plataforma. Podía sentir la electricidad en el aire entre nosotros, una corriente que había ido en aumento desde la noche de la cena.

—Sabes, hay algo que me he estado preguntando —dijo de repente—. ¿Cómo manejas la presión de estar al mando aquí, sabiendo que cualquier error podría ser catastrófico?

—La clave es mantener la calma, —respondí, acercándome un poco más—. Saber que cada decisión cuenta y que no puedes permitirte dudar.

Courtney sonrió y, dadas las circunstancias, lo consideré como una pequeña victoria.

—Parece que hace mucho calor aquí —comentó, cambiando de tema con la misma sutileza que había mostrado toda la visita.

—Es la temperatura habitual.

—¿Es la temperatura reglamentaria? ¿Es por la maquinaria?

Di un pequeño paso más hacia ella.

—Sí —dije en voz baja, con mi mirada fija en la suya—. Puede que sea eso, o puede que sea otra cosa.

—¿Qué otra cosa podría ser? —susurró.

Dios mío. ¿Aquello estaba pasando?

No respondí. No podía. En lugar de eso, me acerqué un paso más, eliminando la distancia entre nosotros, y sin pensarlo dos veces, la tomé por la cintura y la besé.

No fue un beso suave o delicado. Fue el resultado de días de tensión acumulada, de palabras no dichas y deseos reprimidos. Courtney no se resistió; al contrario, respondió a mi avance con la misma intensidad.

Cuando finalmente nos separamos, ambos respirábamos con dificultad, sorprendidos por lo rápido que las cosas habían escalado.

—Esto... —empezó a decir, pero la interrumpí.

—No digas nada —dije, besándola de nuevo.

—Esto no cambia nada, Clint. Sigo buscando la verdad, y si tienes algo que ocultar, lo descubriré.

Su tono era firme, pero la forma en que sus dedos acariciaban mi brazo decían otra cosa.

—Entonces tendrás que esforzarte mucho, Courtney —respondí, sabiendo que había mucho más en juego ahora que solo mi reputación profesional.

La visita aún no había terminado, y la tensión entre nosotros solo había aumentado. Pero mientras nos dirigíamos de nuevo hacia la parte principal de la plataforma, una cosa estaba clara: ya no había marcha atrás. Lo que tanto deseaba estaba pasando.

CAPÍTULO 5

COURTNEY El bullicio en la redacción del *Times* se mantenía en un ruido de fondo constante, una mezcla de conversaciones telefónicas, el golpeteo sobre los teclados y los murmullos sobre los últimos titulares. Pero en medio de todo aquel caos, mi mente estaba en otro lugar, todavía atrapada en lo que había pasado el día anterior.

Aquel beso.

No podía dejar de pensar en él. En cómo Clint había aniquilado la distancia entre nosotros, en la manera en que mis labios habían respondido antes de que mi cerebro pudiera detenerme.

Había sido un error.

Un error grave, y lo sabía.

No era el primer hombre que intentaba distraerme con promesas de algo más, pero sentía que Clint era diferente. Había una intensidad en él, un fuego que me había dejado temblando incluso después de que el helicóptero me llevara de regreso a la ciudad.

Aun así, lo que realmente me molestaba era que la visita no había sido tan productiva como esperaba. Clint había sido cuidadoso, mostrándome solo lo que quería que viera, desviando mis preguntas más directas con respuestas ensayadas. Y mientras lo hacía, había todo el tiempo algo en sus ojos, algo que transitaba entre el deseo y la precaución, como si supiera que estaba jugando con fuego.

Y después me había besado.

Suspiré, apartando esos pensamientos de mi mente y centrándome en la pantalla de mi portátil.

El informe que estaba escribiendo aún tenía lagunas, detalles que necesitaban ser confirmados antes de que pudiera pensar siquiera en publicarlo. Necesitaba más información, más pruebas. Por suerte, tenía una fuente interna, alguien que había trabajado en la plataforma petrolífera durante años y que estaba dispuesto a hablar. Había mencionado problemas serios, fallos de seguridad medioambiental que el CEO de GreenOil había tratado de ocultar. Y aunque Clint no era el CEO, él estaba involucrado de alguna manera, tenía que estarlo. Era demasiado cercano a la cúpula como para no saber lo que estaba pasando.

Un ruido de notificación captó mi atención y me expulsó del teclado. Revisé mi bandeja de entrada y ahí estaba, otro email de Clint.

Al abrirlo, leí su invitación para cenar. Pero esta vez, no había ninguna ambigüedad en su propuesta: era una cita. El tono del mensaje lo dejaba claro, y una parte de mí se sintió tentada a aceptar sin pensarlo. Pero otra, la más racional, me recordó que esto era precisamente lo que él quería.

La cuestión era, ¿lo quería yo también?

—Courtney, ¿tienes un minuto? —la voz de Julie me hizo levantar la vista de la pantalla.

—Claro, ¿qué pasa? —respondí, mientras ella se sentaba en el borde de mi escritorio.

—Estaba pensando en lo de la otra noche —empezó, con esa expresión que me decía que iba a recibir uno de sus famosos discursos—. Sé que la cena fue... interesante, por decirlo así. Pero, ¿cómo va todo lo demás? Últimamente has estado más callada de lo habitual. ¿Qué tal va lo de GreenOil?

Julie era perspicaz, y nada escapaba a su atención. Sabía que no podría ocultarle nada.

—Todavía estoy en ello. No puedo contarte mucho.

—Entonces tal vez debería preguntarte directamente por Clint Morgan. La gente os vio, Courtney. Antes de la cena. Vieron cómo te miraba. Y la gente comenta...

—Dios, ¿ahora entendéis por qué no salgo de noche?

—Está siendo complicado —admití, apartando un mechón de cabello de mi rostro—. Clint es... diferente. No puedo negar que hay algo entre nosotros, pero estoy segura de que está intentando manipularme para que no publique nada sobre GreenOil. Así que...es difícil, Julie.

—¿Y tú? —preguntó ella, inclinándose un poco más—. ¿Vas a dejar que lo haga?

Negué con la cabeza. Mi integridad profesional no podía quedar en entredicho. Nunca permitiría algo así. De hecho me iba muy bien recalcárselo a Julie, y de paso recordármelo a mí misma.

—No, claro que no. Esto es trabajo, y voy a hacer lo que tengo que hacer. Pero no puedo negar que estoy... tentada.

Julie dejó escapar una sonrisa comprensiva, pero su tono fue firme:

—Ten cuidado, Courtney. No me gusta la idea de que te acerques tanto a un tipo como Clint, especialmente si tiene cosas que esconder. Podría ser peligroso.

*Si tu supieras...*pensé.

Antes de que pudiera responder, otro sobresalto me sacó de la conversación. Esta vez no fue un correo electrónico, sino una carta que uno de los asistentes de la redacción dejó de repente en mi escritorio. La reconocí al instante: el sobre era idéntico al de la amenaza anterior.

—¿Otra carta? —preguntó Julie, frunciendo el ceño al notar mi expresión contrariada.

—Sí... —respondí, abriendo el sobre con manos temblorosas.

El mensaje en su interior era breve, pero el tono amenazante era claro: "Déjalo ya, Courtney, o lo lamentarás". No era la primera y seguramente no sería la última, pero aún así, una punzada de preocupación me descompuso el estómago. Aquello empezaba a alarmarme un poco.

—¿Qué dice? —preguntó Julie, leyendo mi expresión.

—Lo de siempre, que deje de investigar o lo pagaré caro, —dije, tratando de sonar despreocupada, aunque la verdad es que cada vez me resultaba más difícil ignorar esas amenazas.

Julie suspiró, claramente preocupada.

—Esto se está poniendo serio, Courtney. Deberías decírselo a alguien.

—Estoy bien. Es solo parte del trabajo.

—No es normal que te amenacen por hacer tu trabajo. No deberías tomarlo tan a la ligera.

Pero mientras Julie y yo hablábamos, no pude evitar pensar en la cena de Clint. La periodista que estaba allí sentada sabía muy bien que debía rechazar su invitación, que involucrarme más solo complicaría las cosas. Pero la otra Courtney, la que había sentido un fuego arrasándola cuando él la había besado, no quería apartarse.

Mientras Julie me observaba con ojos críticos, me giré hacia mi ordenador y respondí al email de Clint. Cada palabra que tecleaba me hacía sentir como si estuviera caminando por una cuerda floja. Pero cuando finalmente envié la respuesta, la decisión estaba tomada.

—Clint me ha invitado a cenar —confesé.

—¿Entonces? —Julie preguntó, como si pudiera leer mi mente.

La miré a los ojos, sabiendo que no podría mentirle, pero también consciente de que no podía explicar lo que realmente sentía. No podía contarle todo a Julie. Y no porque temiese que lo contara por la redacción. Sabía que podía confiar en ella. Era, simplemente, porque ni yo misma tenía las cosas claras respecto a él.

—He aceptado —dije finalmente.

Julie me miró como si no pudiera creerlo, y una sonrisa astuta cruzó su rostro.

—¿Estás segura de lo que haces?

—No —admití con sinceridad—. Pero algo me dice que necesito saber hasta dónde está dispuesto a llegar.

La verdad era que no podía resistir la oportunidad de conocerlo en un ambiente menos tenso, de ver si podía descubrir algo más bajo aquella superficie de escarcha. Tal vez era un riesgo, pero uno que estaba dispuesta a correr.

La voz de un editor resonó en la sala, llamando la atención de todos hacia la última noticia que acababa de llegar. Me giré para mirar mi pantalla una vez más, pero no podía concentrarme. Mi mente ya estaba en aquella cita, imaginando cómo se desarrollaría y si a ella acudiría la periodista o la mujer ligeramente obsesionada en la que me estaba convirtiendo.

El peligro, tanto en mi investigación como en mi vida personal, estaba empezando a mezclarse de una manera que no podía controlar. Pero una cosa era segura: no importaba cuántas amenazas llegaran, no pensaba detenerme.

Aquel email, esa nueva cita con Clint, iba a ser el siguiente paso en nuestro juego. Él tiraba los dados y yo me movía hacia la meta.

CAPÍTULO 6

CLINT

La cena había sido perfecta. Había escogido un lugar poco convencional, uno de esos sitios escondidos en Nueva York donde la comida era tan memorable como la experiencia.

Courtney parecía disfrutarlo, y no solo por el menú. La conversación había fluido entre nosotros como si lleváramos años conociéndonos.

Era una mujer extremadamente interesante, con una buena carrera a sus espaldas. Allí estaba, escuchándola en vilo, deseando saber qué diría o haría a continuación.

Mientras la observaba, me di cuenta de que cada vez era más difícil mantener la fachada de indiferencia. Había algo en ella, algo más allá de su inteligencia y su belleza, que me hacía pensar que merecía la pena.

Desde que nos conocimos, no había pasado un día sin que me preguntara en qué estaría pensando, qué estaría haciendo. Y ahora, después de esta cena, sabía que no iba a ser fácil sacármela de la cabeza. Estábamos ante un nuevo punto de no retorno.

—Ha sido una velada interesante —dije mientras salíamos del restaurante y la brisa nocturna nos envolvía.

Courtney me miró de reojo, con esa sonrisa misteriosa de nuevo asomándose a sus labios. Había tenido la deferencia de no sacar el tema de su reportaje sobre GreenOil. Los dos habíamos entendido, sin necesidad de ser explícitos, que aquella noche debíamos aparcar el trabajo y centrarnos en nosotros, en explorar lo que había pasado en la plataforma.

—Interesante es una manera de decirlo —replicó ella—. Aunque diría que fue más... reveladora.

Sus palabras me hicieron sonreír. Courtney tenía una habilidad única para expresar mucho sin decirlo directamente, algo que encontraba irresistible.

—Me alegra que lo veas así —respondí, mientras le hacía un gesto al coche que nos esperaba—. Te gustaría...¿alargar un poco más la noche? Ya sé que no sueles salir hasta tarde, pero tal vez la ocasión lo merece...

Se acercó unos pasos y yo la agarré por la cintura.

Aquel aumento de temperatura.

—¿Te gustaría acompañarme a casa, Courtney?

Se lo pregunté directamente porque pensé que era más elegante que apuntarme yo a la suya.

Y ella asintió.

El trayecto fue breve, pero cargado de una tensión que crecía con cada minuto. Cuando finalmente llegamos a nuestro destino en el West Village me detuve un momento antes de bajar del coche. Quería asegurarme de que no estaba forzando nada, que todo lo que ocurría entre nosotros era porque ambos lo deseábamos.

—Courtney, si en algún momento quieres que paremos, o quieres irte, solo dímelo —dije, buscando sus ojos, queriendo que supiese que estaba dispuesto a respetar cualquier límite que ella pusiera.

Me miró con una expresión atenta, y asintió lentamente.

—Lo sé, Clint. Te aseguro que si no quisiera estar aquí, no estaría.

Su respuesta me dio la seguridad que necesitaba. Bajé del coche y lo rodeé para abrirle la puerta. Al tomar su mano, noté la calidez de su piel, y cómo un simple contacto podía encender otra vez ese fuego en mi interior. Caminamos juntos, en silencio, hacia la entrada del edificio donde estaba mi ático.

Al cruzar la puerta, sentí que estábamos entrando en otro territorio, uno donde las reglas no estaban claras, pero ya no me preocupaba lo que Courtney escribiese sobre mi empresa o sobre las medidas de seguridad que implementábamos. Lo que estaba pasando esa noche, lo que estaba a punto de pasar, estaba totalmente al margen de eso.

Subimos al ascensor, los dos claramente excitados. Lo sabía por su respiración, de repente un poco más pesada o nerviosa. En todo caso, los dos ansiábamos un poco de aire. Ella se movió en el ascensor. Sus manos inconscientes se acercaban a sus partes íntimas, y si eso quería decir que Courtney lo deseaba tanto como yo, aquella noche iba a ser memorable.

Supongo que debajo de mi apariencia tranquila se encuentran mis deseos más inconfesables No hay nada que me ponga más a tono que el hecho de que una mujer hermosa e inteligente, fiel a su criterio y a sí misma, elija pasar la noche conmigo. Eso sí es una conquista. Cuando se relaja por fin y decide seguir mis pasos y permite que nos lleve a los dos a explorar nuestros límites. Una y otra vez...

No es algo en lo que piense a menudo ni que vaya contando por ahí, claro, ni siquiera con las mujeres con las que he tenido algo. La mayoría no puede llegar hasta esos límites. Pero, ¿Courtney? Algo me decía que ella sí.

Observé, en aquel trayecto de ascensor interminable, cómo apretaba los muslos, uno contra el otro, tratando de contener su deseo.

Dios, ¿era posible que me estuviese enamorando de ella?

Agité la cabeza. A lo mejor era solo mi testosterona desbocada, haciéndome promesas de futuro. Aunque ya que lo pensaba, no podría hacerlo mucho mejor que con Courtney. Ella a mi lado...todos los días...De hecho, no podría pasarme nada mejor. *Es perfecta, joder.*

A pesar de todo lo que se traía entre manos y de ese maldito ordenador portátil que llevaba a todas partes, incluido en su bolso, esa noche. En nuestra cena. Se había traído el maldito ordenador y no había podido evitar que yo lo viese. Pero me daba igual.

Entramos en mi casa.

—Guau. Es espectacular —dijo.

Se acercó a la ventana panorámica, exactamente como yo había previsto. Son ventanas que van desde el suelo hasta el techo.

—Clint, alguien...¿pueden vernos desde fuera? ¿Desde el edificio de enfrente?
Caminé detrás de ella y la rodeé con mis brazos.
—No. No se ve nada.
—¿Aunque las luces estén encendidas?
—Exacto.
Le di la vuelta para que estuviese frente a mí. Dimos unos pasos hasta que su espalda estaba contra aquella ventana. Cubrí su cuello de besos y empezó a gemir muy suavemente, acompasando los movimientos de su cadera.
—A menos que te guste la idea de que la gente nos mire. ¿Quieres que todo el vecindario vea lo que voy a hacerte, Courtney?
Noté como su pulso se aceleraba. En su cuello. Bajo mis labios.
No contestó.
—Te gusta, ¿verdad? ¿Te hubiera gustado hacerlo el otro día en la plataforma? Cuando tuve que parar porque los operarios estaban a solo unas habitaciones de distancia...
Su garganta empezó a emitir unos deliciosos sonidos, como si lo necesitase todo ya. Y yo estaba listo para proporcionárselo. No a todas las mujeres les gusta que les digan guarradas para ponerlas a tono, pero Courtney parecía estar disfrutando infinitamente.
Lo dicho, era perfecta.
La sujeté en un momento por la parte trasera de sus muslos y entendió enseguida lo que quería. Nuestros cuerpos *se entendían*. Saltó un poco para atrapar mis caderas con sus poderosas piernas. La tuve ahí unos minutos, besándola, preparándola para lo que venía y notando como mi polla crecía y se endurecía.
—Por favor, Clint... —gimió.
¿Y cómo negarle algo cuando me lo pide así?
La cogí con firmeza y la llevé hasta mi dormitorio, besándola por el camino, con los ojos cerrados. Menos mal que conozco mi casa como la palma de mi mano.

La coloqué sobre la cama con cuidado y después caí sobre ella. Empecé a moverme arriba y abajo, buscando un contacto mucho más íntimo. El aumento de nuestra temperatura era un hecho.

—¿Puedes correrte así, Courtney, si me froto contigo? ¿Solo moviéndome encima de ti?

Echó la cabeza hacia atrás y cerró los ojos.

—Oh, sí.

Interesante.

Me moví más deprisa, restregándole toda mi dureza. La fricción de mi polla dentro de los calzoncillos hizo que me endureciese todavía más.

—Aún no —le dije—. No te corras, Courtney.

Ella asintió como si le estuviese pidiendo un imposible, pero parecía dispuesta a aguantar un poco más.

Y yo seguí moviéndome sobre ella. Mi humedad era más que evidente, estaba mojándome y provocando un pequeño desastre ahí abajo. Tenía que desnudarme lo antes posible, pero no antes de que ella hubiese alcanzado su orgasmo. El primero de ellos.

La miré a los ojos y casi pude notar cómo estaba luchando por contenerse.

—Córrete, Courtney. Vamos.

Noté como sus piernas se tensaban alrededor de mis caderas y, acto seguido, gritó mi nombre.

—¡Clint!

Está hecha para mí, pensé.

Por si quedaba alguna duda.

—Desnúdate —gemí, mientras yo me peleaba con mi cremallera, con todos esos malditos botones.

Lo hizo, y para cuando terminó ya estaba debajo de mi cuerpo, desnuda, preciosa y perfecta. En mi cama.

Separé sus rodillas.

—No puedo esperar ni un segundo más para probarte, Courtney.

Se estremeció con el primer contacto de mi lengua, pero enseguida se amoldó a mi exploración; a mi degustación, más bien. Se retorcía buscando más y más, me suplicaba en silencio mientras yo estimulaba su clítoris, lo lamía y lo succionaba como el delicioso manjar que era. Noté cómo se tensaba. Pasados unos minutos levanté un poco la cabeza solo para decirle; *córrete otra vez, Courtney*.

Y cuando seguí con lo mío, trabajándomela con la lengua, noté como sus piernas me aprisionaban un poco más, como me ahogaba en su coño, el sitio perfecto para quedarse sin aliento. En apenas unos segundos, noté como un nuevo orgasmo explotaba a solo unos milímetros de mi boca. Le metí uno de mis dedos, solo para comprobar, evidentemente, que estaba más que lista para mí.

Iba a dejarla sin aliento.

—¿Quieres que te folle, Courtney? —le pregunté.

—Por favor, Clint. Ya. Ahora.

Repté sobre ella para besar sus labios y para que nuestro cuerpo encajase del todo, como el puzzle perfecto que éramos. Se agitó impaciente mientras yo me colocaba en su entrada.

—Impaciente —susurré—. Joder, me encanta.

Se la metí hasta el fondo, en un movimiento único y certero.

La noté estrecha y húmeda mientras se agitaba, adaptándose a mis movimientos. Me eché hacia atrás y volví a entrar por aquella gloriosa puerta del cielo. Courtney era todo lo que yo necesitaba. Salí y entré de nuevo. Hasta el fondo, hasta que empezó a gritar. Seguí follándola, dándole exactamente lo que me pedía a tenor de aquellos deliciosos sonidos que expedía con cada exhalación.

—Clint. Voy a...—jadeó.

—Hazlo, Courtney. Córrete otra vez...para mí.

Noté cómo se tensaba de nuevo, como me aprisionaba con su carne palpitante, y aquello ya fue demasiado para mí. Me corrí con ella, la acompañé en aquel delirio controlado. Los dos latimos al mismo tiempo.

Me tumbé a su lado, estirando un brazo para que ella se acurrucara contra mi cuerpo.

—Ha sido perfecto —le dije.

—Ha sido...uf. Muy sexy. No sé si voy a poder correrme el resto de mi vida si no tengo tu permiso.

Se rio.

—Por mí perfecto —le contesté, inclinándome para darle un beso en la sien.

Yo no me reía.

Hablaba completamente en serio.

CAPÍTULO 7

COURTNEY

Habían pasado dos días desde que pasé la noche con Clint, y ya no podía sacarlo de mi cabeza. Era como si todo mi ser estuviera dividido entre el recuerdo de su tacto, de su voz susurrando mi nombre en la oscuridad, y la cruda realidad de lo que sabía que tenía que hacer.

Cuando le dije que me encerraría durante unos días para trabajar en mi reportaje, no mentí. Sabía que lo que tenía entre manos pondría en un aprieto a GreenOil, y, por ende, a él. Pero ese era mi trabajo, y no podía permitirme olvidar eso.

El murmullo constante de la redacción del *Times* solía ser un sonido reconfortante, pero ese día me resultaba mucho más difícil concentrarme. Mi mente volvía una y otra vez a Clint. Me había jurado a mí misma que separaría lo personal de lo profesional, que no dejaría que mis sentimientos se interpusieran en mi trabajo. Sin embargo, era más fácil decirlo que hacerlo.

Me forcé a centrarme en mi escritorio, repasando las notas que había recopilado. La pantalla de mi ordenador brillaba ante mí con un borrador casi completo del reportaje, pero sabía que faltaba algo. Faltaba ese último empujón que confirmara lo que ya temía. Entonces, como si el destino decidiera intervenir, una nueva fuente apareció en la puerta de la redacción. La fuente vino a mí. Y podríamos decir que eso era ya una señal indiscutible de que aquello tenía que salir publicado.

Un joven, que no debía tener más de veinticinco años, se acercó a mi escritorio. Tenía ese aire nervioso de alguien que estaba a punto de hacer algo grande, algo que tal vez cambiaría el curso de su vida. Lo reconocí de las llamadas previas. Era un exempleado de GreenOil que había aceptado hablar conmigo bajo condición de anonimato.

—Courtney Adams, ¿verdad? —preguntó, con la voz ligeramente temblorosa.

—Sí, soy yo —le ofrecí una sonrisa tranquilizadora y señalé la silla frente a mi escritorio—. Por favor, siéntate. ¿Quieres café o algo para beber?

—No, gracias —se sentó, y sus ojos recorrieron nerviosamente la redacción antes de posarse de nuevo en mí—. Solo tengo un rato. Necesito volver a mi trabajo antes de que alguien note mi ausencia.

—Entendido —asentí, buscando un bolígrafo y una libreta—. Entonces, cuéntame lo que quieras.

El chico respiró hondo antes de empezar a hablar. Lo que me dijo confirmó mis peores sospechas: GreenOil no solo había ignorado fallos de seguridad, sino que los había encubierto activamente, poniendo en riesgo no solo al medio ambiente, sino también a los trabajadores. No era Clint quien estaba detrás de esto, sino el CEO de la compañía, pero la implicación de Clint en la empresa era innegable.

A medida que el joven hablaba, sentía la dinamita prendiéndose en mi interior. Como periodista sabía que había encontrado una historia importante, algo que podría marcar una diferencia real y que la gente tenía que saber. Pero por otro lado, era muy consciente de que publicar esto podría acabar con cualquier posibilidad de tener algo con Clint.

—Gracias por compartir esto conmigo —dije finalmente, cuando el joven terminó—. Sé que no ha sido fácil para ti.

—Solo espero que hagas lo correcto —respondió él, levantándose de la silla—. No podía seguir trabajando allí, sabiendo lo que sé. Por eso me fui.

—Lo haré —lo miré con seriedad—. Prometo que lo haré.

Una vez se marchó, me quedé sentada en silencio, mirando la pantalla de mi ordenador. Las palabras de aquel extrabajador de GreenOil resonaban todavía en mi cabeza. ¿Cómo podría seguir adelante con esta historia sabiendo lo que significaba para Clint? Pero, al mismo tiempo, ¿cómo podría no hacerlo? Mi ética profesional me lo impedía. Tenía un deber con la verdad, y no podía dejar que mis sentimientos nublaran mi juicio.

Era así.

Incuestionable.

Mis pensamientos se vieron interrumpidos por un golpecito suave en mi escritorio. Miré hacia arriba y vi a una de mis compañeras de la redacción, Megan, con una carta en la mano.

—Courtney, esto acaba de llegar para ti —dijo, extendiéndome el sobre—. No tiene remitente.

Era la tercera carta que recibía en los últimos días, todas ellas llenas de amenazas no tan veladas. Sin embargo, no iban a conseguir nada con aquello, quienquiera que fuese. Era un riesgo que había aceptado desde que empecé a investigar a GreenOil.

—Gracias, Megan —dije, abriendo el sobre con cuidado.

Como esperaba, la carta contenía otra advertencia, llena de palabras vagas pero intimidantes, instándome a dejar de investigar a la petrolera. Pero lo que esas personas no entendían era que esto solo me ponía más las pilas.

—¿Es otra de esas cartas raras? —preguntó Megan, mirando por encima de mi hombro.

—Sí, pero no te preocupes —respondí, tratando de restarle importancia—. Es solo alguien que no está muy contento con lo que estoy investigando.

Megan frunció el ceño, claramente preocupada.

—Courtney, deberías tener cuidado. No es normal recibir tantas amenazas.

—Lo sé —dije, suspirando—. Pero no puedo dejar que eso me detenga. Tengo que seguir.

Cuando Megan se retiró, de vuelta a su mesa, me quedé mirando aquella carta unos instantes.

Y después, tomé mi decisión.

Abrí mi bandeja de correo y empecé a redactar un email para Clint. No fue fácil encontrar las palabras, pero sabía que tenía que ser honesta.

CLINT,

He tomado una decisión sobre el reportaje. Voy a publicarlo. Sé que esto probablemente signifique que lo nuestro, lo que sea que haya sido, no seguirá adelante, y lo lamento muchísimo. Pero no puedo dejar de lado mi trabajo. Espero que algún día puedas entenderlo.

Courtney

ME QUEDÉ MIRANDO LA pantalla durante unos minutos antes de hacer clic en "enviar". Sabía que, al hacerlo, estaba cerrando una puerta, quizás para siempre. Pero era lo correcto. Mi trabajo siempre había sido mi prioridad, y no podía permitir que una relación, por más prometedora que pareciera, me hiciera desviarme de mi camino.

Sabía que esa noche me esperaban insomnio y probablemente lágrimas, pero en el fondo creía que lo superaría. Al fin y al cabo, había cumplido con mi deber.

CAPÍTULO 8

CLINT

La luz de la pantalla del ordenador se reflejaba en mis ojos mientras releía el email de Courtney por enésima vez. Cada palabra suya era como una daga clavándose en mi pecho.

Courtney había tomado su decisión, una que probablemente marcaría el final de cualquier posibilidad entre nosotros. No podía culparla; sabía que ella se debía a su trabajo, a su integridad como periodista. Pero eso no hacía que doliera menos.

Pasé una mano por mi cabello, acusando el peso de los días que habían pasado desde nuestra noche juntos. Había estado meditando algo durante ese tiempo, algo que me rondaba la cabeza y que no podía ignorar más. Necesitaba hacer algo al respecto, pero primero tenía que encontrar a Preston.

Me levanté de mi escritorio y me dirigí al despacho de mi sobrino. Había evitado confrontarlo hasta ahora, pero ya no podía posponerlo. Sabía que algo no cuadraba, y si alguien tenía respuestas, era él. Cuando llegué, encontré su despacho vacío. Me extrañó al ver aquel sitio desierto. Preston nunca se alejaba por mucho tiempo de su cueva, ni de su ordenador.

Me acerqué a su mesa, y algo llamó mi atención enseguida. Había un sobre debajo del teclado.

Lo cogí. Estaba abierto.

Y el nombre que había escrito en el exterior era más que revelador: Courtney Adams.

Mi corazón dio un vuelco. No dudé ni un instante en sacar el papel que había en su interior. A medida que leía las palabras, mi sorpresa se convirtió en ira.

Era una amenaza, una retahíla de palabras horribles y subidas de tono que aludían a Courtney y a su reportaje sobre GreenOil.

¿Cómo demonios había llegado esto aquí?

Sentí que la rabia comenzaba a bullir en mi interior. Dejé caer aquella maldita carta y salí del despacho, decidido a encontrar a Preston y obtener respuestas. Sabía que él estaba implicado en esto de alguna manera, pero necesitaba confirmarlo.

Cuando llegué a la sala de reuniones, vi a través de las puertas de cristal que estaba reunido con el CEO, Malcolm DeWitt. Mi propio jefe. El amo supremo de GreenOil. ¿Qué hacía Preston allí? Mi instinto me decía que algo sucio se estaba cocinando aquí, y no podía darme el lujo de ignorarlo.

Abrí la puerta con ímpetu, interrumpiendo lo que fuera que estuvieran discutiendo.

—¿Qué demonios está pasando aquí? —dije, con un tono duro y directo, mientras mis ojos se clavaban en Preston.

Maldito niñato...

Malcolm levantó la vista, claramente molesto por la interrupción, pero Preston se puso pálido al verme.

—Clint, esto no es asunto tuyo —intervino el CEO, con su tono de siempre, autoritario y condescendiente.

—¿No es asunto mío? —repliqué, avanzando hacia ellos—. Acabo de encontrar una carta de amenaza en el despacho de Preston, dirigida a Courtney Adams. Y quiero saber quién es el responsable de esto.

Preston evitó mi mirada, pero su incomodidad lo delataba. Malcolm, en cambio, mantenía la compostura.

—Tienes que entender, Clint, que hay cosas que se hacen en beneficio de la empresa —dijo Malcolm—. A día de hoy Courtney Adams es una amenaza para GreenOil, y tenemos que asegurarnos de que no dañe nuestra reputación. Y por cierto, ya me explicarás por qué se la invitó a visitar la plataforma de North Atlantic.

—¿Así que tú fuiste quién ordenó esto? —pregunté, con la voz cargada de incredulidad y asco e ignorando su velada advertencia—. ¿Le pediste a Preston que le enviara esas amenazas?

Mi sobrino levantó la vista al oír su nombre.

—Tío Clint, déjame que te lo explique. No es lo que piensas... —empezó a decir, pero yo lo interrumpí.

—¿No es lo que pienso? ¿Entonces qué es? ¿Me vas a decir que esas cartas no fueron enviadas para intimidar a Courtney, para hacerla callar?

Malcolm se levantó de su asiento.

—Clint, es mejor que no te inmiscuyas. Courtney Adams no puede publicar ese artículo. Y ya está. No podemos permitir que esta compañía sufra las consecuencias de sus acciones imprudentes. Y si ella sigue adelante, bueno... habrá más consecuencias.

Mi mente se nubló de rabia. No podía creer lo que estaba escuchando. Sabía que Malcolm era un tipo sin escrúpulos, pero no esperaba que llegara tan lejos.

—La cuestión es que Courtney Adams tiene todo el derecho a publicar lo que ha descubierto —dije con firmeza—. Si GreenOil ha cometido errores, entonces es nuestra responsabilidad abordarlos, no encubrirlos.

Malcolm me miró como si hubiera perdido la cabeza.

—¿Estás loco? —espetó—. ¿Tienes idea de lo que estás diciendo? ¡Estamos hablando de millones de dólares, de cientos de empleos! No podemos permitir que una periodista arruine todo lo que hemos construido.

—No me importa el dinero, Malcolm —respondí—. No voy a permitir que esta compañía se hunda aún más en el fango de la corrupción solo para salvar unos cuantos billetes. La cuestión es que ella, nos guste o no, tiene razón en investigar, y si eso significa que debe exponer la verdad, entonces que así sea.

Preston me miró con ojos suplicantes.

—Tío Clint, por favor, piénsalo... —dijo—. Solo intentábamos proteger la empresa, y de paso protegerte a ti también.

Miré a Preston. No me cabía la menor duda de que le había hablado con detalle a Malcolm de mi "interés personal" por Courtney Adams.

—¿Protegerme? —repetí, con amargura—. Lo único que habéis hecho es destruir lo que quedaba de mi confianza en vosotros. Y si creéis que voy a quedarme de brazos cruzados mientras amenazáis a la mujer que... —me detuve antes de decir algo de lo que podría arrepentirme—... a una mujer que solo está haciendo su trabajo, estáis muy equivocados.

Malcolm dio un paso hacia mí. Su expresión se había endurecido.

—Clint, no quiero tener que despedirte, pero si sigues por este camino, me obligarás a hacerlo.

Lo miré con una mezcla de furia y desprecio.

—Haz lo que tengas que hacer, Malcolm. Pero te advierto: si algo le sucede a Courtney, si otra amenaza llega a sus manos, no descansaré hasta que todos los responsables paguen por ello.

Con eso, me di la vuelta y salí de la sala, dejando a Malcolm y Preston en silencio. Sentía la ira regurgitar dentro de mí, pero sabía que no podía dejar que me cegara. Tenía que mantener la cabeza fría, porque aún tenía un as en la manga. Algo que podría cambiarlo todo.

Courtney aún no lo sabía, pero yo no iba a rendirme tan fácilmente.

CAPÍTULO 9

COURTNEY

No había pegado ojo en toda la noche. Cada vez que cerraba los ojos, el rostro de Clint aparecía en mi mente, y el dolor en mi pecho se hacía más agudo. Sabía que hacer lo correcto siempre tenía un precio, pero nunca imaginé que sería tan alto.

Sentada en mi escritorio, con la taza de café ya fría a mi lado, observaba cómo mi jefe de redacción, Tom, leía mi reportaje, terminado al fin. Su expresión era de máxima concentración. Sus ojos se movían rápidamente de un lado a otro mientras absorbía cada detalle de lo que había escrito.

Intenté mantener la calma, pero mi mente era un caos. No dejaba de pensar en Clint, en la última vez que lo vi, en cómo habíamos compartido una noche que ahora parecía un sueño lejano e inalcanzable. ¿Cómo habíamos llegado a esto?

Tom levantó la vista y me observó. Su mirada era de preocupación, cosa que solo hizo que aumentar mi ansiedad.

—Courtney, no tienes buen aspecto —señaló—. Cuando hayamos publicado este reportaje, creo que deberías tomarte unos días para descansar.

Asentí, aunque sabía que el cansancio no era lo que me afectaba. Mi corazón roto no se arreglaría con un sueño reparador. Tom volvió a mirar las páginas impresas frente a él y, justo cuando iba a decir algo, la televisión en la sala de redacción captó mi atención. El volumen subió de repente, y la imagen de Clint Morgan apareció en pantalla, detrás de un podio con el logotipo de GreenOil.

Mi corazón se detuvo por un instante.

—¿Ese no es Morgan? —preguntó Tom.

—Shhhh. Sube el volumen un poco. Hemos de ver qué dice.
—Enseguida.
—¿Qué está haciendo? —murmuré, incapaz de apartar los ojos de la pantalla.

Tom también miró la televisión. Los dos estábamos alucinando y, al mismo tiempo, con nuestros seis sentidos periodísticos en máxima alerta.

En la pantalla, Clint estaba a punto de leer un comunicado. El silencio en la sala era absoluto, todo el mundo estaba concentrado en lo que él iba a decir. Podía ver la tensión en sus ojos, en la rigidez de su mandíbula. Pero entonces, cuando empezó a hablar, su voz sonó clara y decidida:

—Hoy estoy aquí para anunciar mi dimisión como director de seguridad de GreenOil —dijo Clint, sin rodeos—. Durante los últimos meses, he intentado hacer todo lo que estaba en mi mano para asegurarme de que la compañía cumpliera con los más altos estándares de seguridad. Sin embargo, he llegado a un punto en el que ya no puedo seguir ignorando los fallos en los protocolos que se han llevado a cabo por razones puramente económicas, en contra de mis recomendaciones.

La sala de redacción se sumió en un silencio absoluto. Todos mis compañeros dejaron de teclear. Sabían muy bien que yo trabajaba en aquella historia desde hacía semanas.

Y yo estaba petrificada en mi asiento. Cada palabra de Clint resonaba en mi cabeza como las campanadas de un funeral.

—Mi decisión se basa en la pérdida de confianza en la directiva actual de GreenOil —continuó—. He intentado hacer mi trabajo de manera ética y responsable, pero cuando se me pidió que comprometiera la seguridad por motivos financieros, supe que no podía continuar. No puedo seguir siendo parte de una empresa que no respeta las vidas de sus empleados ni el impacto que nuestras decisiones tienen en el medio ambiente.

Tom dejó escapar un suspiro. Sus ojos se movieron rápidamente entre la pantalla y yo misma.

—Este tipo se está hundiendo con el barco, —murmuró Tom, casi para sí mismo—. Pero, ¿por qué?

Yo sabía muy bien por qué. Lo veía en la mirada de Clint, en la manera en que su voz se quebraba ligeramente al final de cada frase. Pero lo más devastador fue cuando levantó la vista hacia la cámara, como si me estuviera mirando directamente a mí, aunque sabía que eso era imposible.

—No diré más al respecto —concluyó Clint—. Esta es mi decisión final, y espero que sea el primer paso hacia un cambio necesario en la industria. Gracias.

Cortó la rueda de prensa sin admitir preguntas. La pantalla volvió al estudio, donde los presentadores comentaban la noticia con incredulidad. Pero yo no podía escuchar nada de lo que decían. Solo podía pensar en Clint, en lo que acababa de hacer y en lo que significaba para nosotros.

—Esto lo cambia todo —dijo Tom, alejándose del televisor y volviendo hacia mí. Tenía una expresión grave—. Tenemos que detener la publicación, Courtney. No podemos publicar el artículo tal y como está. Necesitamos ajustar el ángulo ahora que Clint Morgan se ha desvinculado de la empresa. Esto podría darle un giro completamente distinto a la historia.

Yo asentí, pero estaba en *shock*. Mis pensamientos estaban divididos. Por un lado, la periodista en mí sabía que Tom tenía razón; teníamos que modificar el reportaje para reflejar los últimos acontecimientos. Pero, por otro, mi mente estaba atrapada en una espiral de dudas y emociones que giraban en torno a una sola pregunta: con Clint fuera de GreenOil, ¿qué pasaría con nosotros? ¿Qué pasaría con nuestra relación?

No podía ignorar lo que había sucedido entre nosotros. A pesar de mi convicción de mantener el trabajo y lo personal separados, me había enamorado de Clint, y ahora él había hecho un sacrificio inmenso, en parte, por mí. Aunque no lo había dicho explícitamente en la rueda de prensa, lo sabía. Lo había sentido en la forma en que me miró a través de la cámara, en el peso de sus palabras.

Tom me observaba, esperando una respuesta, pero yo apenas podía procesar lo que estaba ocurriendo.

—Courtney —dijo, tratando de llamar mi atención—. Sé que esto es fuerte. Lo que ha hecho Clint Morgan no es cualquier cosa. Soy consciente de que has trabajado mucho en este asunto pero necesito que te concentres. Haz los ajustes que necesites, y cuando todo esté listo, quiero que te tomes ese descanso.

Asentí lentamente. Mis manos temblaban mientras retomaba el teclado y me ponía manos a la obra, pero mi mente seguía atrapada en aquella rueda de prensa. El sacrificio de Clint resonaba en mi cabeza, y sabía que mi corazón roto no se arreglaría con unas simples vacaciones.

¿Qué haría ahora? La idea de perder a Clint me resultaba insoportable, pero al mismo tiempo, sabía que no podía ignorar lo que él había hecho. Tal vez, solo tal vez, había una forma de salvarnos a los dos. Pero eso significaría hacer algo que nunca pensé que haría: apostar por el amor por encima de mi trabajo.

Sabía que tomaría una decisión pronto, pero mientras tanto, tenía que terminar lo que había empezado.

Fijé la vista en la pantalla y empecé a teclear.

CAPÍTULO 10

CLINT

Habían pasado unos días desde que dejé GreenOil. Mi decisión de dimitir no fue fácil, pero sabía que era la única opción que me quedaba. Courtney había sacado lo mejor de mí, y por primera vez en años, sentí que estaba haciendo lo correcto, no solo para mí, sino también para ella, para nosotros.

El sol comenzaba a ponerse cuando llegué al parque donde habíamos acordado encontrarnos. No era un lugar casual. Había escogido ese rincón del Village porque tenía un significado especial: era el parque donde solía venir a pensar, a reflexionar sobre mi vida y mis decisiones. Había algo en la tranquilidad de ese sitio, ese oasis en mitad de la ciudad, que siempre me ayudaba a encontrar respuestas. Y ahora, necesitaba más respuestas que nunca.

Courtney estaba sentada en un banco, esperándome. Su cabello rubio caía en suaves ondas sobre sus hombros, y cuando me vio acercarme, fue como si una corriente eléctrica de emociones cruzara su rostro. Podía ver la tensión en sus ojos, pero también algo más, algo que me dio esperanza.

Respiré hondo.

—Courtney. Por fin —dije cuando estuve lo suficientemente cerca como para que solo ella me oyera. Me senté a su lado, manteniendo una distancia respetuosa, aunque lo que en el fondo quería era rodearla con mis brazos.

—Clint —respondió, con una voz suave, pero cargada de preguntas—. Aún no puedo creer que hayas hecho esto...

Sonreí, intentando mantener la calma. Sabía que este momento era crucial.

—Fue por ti —le solté.

—¿Qué?

Me reí.

—Es broma. No solo fue por ti —admití, mirando sus preciosos ojos—. Lo hice porque era lo correcto. GreenOil necesitaba cambiar, y si mi salida era lo que se requería para que la verdad se sepa, entonces no me arrepiento de nada.

Courtney bajó la mirada, jugando con un mechón de su cabello. Parecía estar en conflicto con sus dudas internas, y le di el tiempo que necesitaba para procesarlo.

—Quiero que sepas que estoy dispuesto a colaborar contigo en el artículo final. Me consta que lo habéis pospuesto —continué—. Hay cosas que no pude decir en la rueda de prensa, ciertos detalles que podrían ser la clave para que la verdad completa salga a la luz. Quiero que tu artículo sea tan fuerte, tan implacable, que nadie pueda ignorarlo.

Courtney me miró sorprendida.

—Eso sería increíble —dijo—. Con tu ayuda, podemos hacer que el artículo tenga un impacto real, que no solo sea una historia más en las noticias.

—Entonces hagámoslo —respondí, sintiendo una oleada de alivio—. Porque la verdad es lo único que nos queda. Y porque... —hice una pausa, tomando su mano entre las mías—, porque no quiero perder lo que tenemos. Lo que podríamos tener.

Courtney expiró profundamente y sonrió. Fue una sonrisa genuina que iluminó todo su rostro. Se inclinó hacia mí, y por un momento, todo lo demás desapareció. El parque, las preocupaciones, todo se desvaneció hasta que solo quedamos nosotros.

—Yo tampoco quiero perderlo —susurró, con un hilo de voz lo suficientemente fuerte como para llegar hasta mi corazón.

La miré, sabiendo que era el momento de abrirme completamente. De vaciarme. De decirle lo que sentía. Lo mucho que había temido perderla.

—Dejé GreenOil para poder ayudarte —confesé, sintiendo que una carga se levantaba de mis hombros—. Cuando descubrí que te habían estado enviando amenazas, supe que no podía seguir siendo parte de una empresa que recurre a algo tan pueril y ridículo. Quería asegurarme de que tuvieras toda la información para que la verdad saliera a la luz. Y, Courtney... también lo hice porque quiero estar contigo. Sin secretos, sin mentiras. Sin que sientas que tienes que elegir entre tu trabajo o tu corazón.

Courtney me miró con ojos llenos de lágrimas, pero esta vez, sabía que eran de alivio, no de tristeza.

—¿De verdad lo has dejado... por mí? —preguntó, con la voz temblorosa.

—Sí —respondí sin una sombra de duda—. Lo dejé todo porque me di cuenta de que nada de eso importaba si no podía estar contigo. Ahora tengo tiempo, mucho tiempo por delante. Y tú... bueno, me has dicho por teléfono que tu jefe te prometió unas vacaciones cuando tu historia salga, ¿no? Pensé que podríamos hacer una escapada juntos. Ir a algún lugar donde podamos olvidarnos de todo esto, aunque sea solo por un tiempo.

Courtney soltó una pequeña carcajada, y aquel sonido fue música para mis oídos.

—Suena a plan perfecto —dijo, acercándose un poco más—. Después de todo lo que ha pasado, creo que merecemos un descanso. Y si es contigo, mejor.

Tomé su rostro entre mis manos, sintiendo la calidez de su piel bajo mis dedos. La miré a los ojos, buscando cualquier rastro de duda, pero allí solo encontré confianza, esperanza y algo más profundo que resonaba perfectamente con lo que yo sentía.

—Courtney Adams —dije, con voz firme—, me estoy enamorando de ti. Y estoy dispuesto a hacer lo que sea para que te quedes a mi lado.

Sus labios se curvaron en una sonrisa, y no necesitaba escuchar sus palabras para saber que sentía lo mismo. Incliné mi cabeza y la besé, un beso que selló no solo nuestras promesas, sino también nuestro futuro.

El parque a nuestro alrededor parecía desvanecerse mientras nos perdíamos en aquel momento, y por primera vez en mucho tiempo, supe que estaba exactamente donde debía estar. Con ella.

Cuando finalmente nuestros labios se separaron, nuestras frentes permanecieron juntas, y nuestras respiraciones estaban sincronizadas.

—Entonces, ¿a dónde vamos? —preguntó Courtney.

—Donde tú quieras —respondí con una sonrisa—. Siempre y cuando estés conmigo, el lugar no importa.

Nos levantamos del banco, cogidos de la mano, listos para comenzar este nuevo capítulo de nuestras vidas. Sabíamos que el camino no sería fácil, pero estábamos dispuestos a transitarlo juntos. Y eso, para mí, era todo lo que necesitaba.

—Entonces pongámonos a trabajar en ese artículo. Me temo que he de entrevistarle de nuevo, señor Morgan.

Rodeé sus hombros con mis brazos.

Mientras nos alejábamos, supe que este era solo el comienzo de algo grande, algo real. Y que, pase lo que pase, no lo dejaría ir. Courtney era mi futuro, y estaba listo para todo lo que viniera, pero solo si ella estaba a mi lado.

EPÍLOGO

Un año después...
COURTNEY

Había pasado un año desde que mi vida dio un giro inesperado, y ahora, mientras me miraba al espejo, no podía evitar todos aquellos nervios y emociones.

Esa noche recibiría un premio periodístico por mi reportaje sobre GreenOil, y aunque estaba increíblemente feliz por el reconocimiento, una pequeña parte de mí se sentía vulnerable. Había derribado gigantes con mi pluma, pero esa noche, la atención estaba sobre mí, no solo por mi trabajo, sino también por lo que todos sospechaban: mi relación con Clint Morgan, uno de los exdirectivos de la empresa a la que había investigado.

Me arreglé el cabello una vez más, intentando no pensar en qué diría todo el mundo. Mi reportaje había expuesto prácticas oscuras y negligencias que casi destruyen el mundo en el que vivimos. Pero el libro que escribí después... el libro había sido mi catarsis. Y aun así, había omitido la parte más personal de mi historia, la que más me importaba: Clint.

—¿Estás lista? —su voz me sacó de mis pensamientos. Se asomó por la puerta del baño, con esa sonrisa que aún lograba hacer que mi corazón se acelerara.

—Casi —dije, devolviéndole la sonrisa mientras él entraba en el baño. Se apoyó en el marco de la puerta, observándome con esos ojos que conocían cada rincón de mi alma y de mi cuerpo.

—Creo que nunca me acostumbraré a esto —dije.

—A recibir premios por tu brillante trabajo periodístico, ¿dices? —respondió, acercándose para abrazarme por detrás. Sentí el calor de su cuerpo contra el mío, y por un momento, los nervios desaparecieron.

—A ser el centro de atención —confesé, apoyando la cabeza en su pecho—. No es fácil.

—Lo sé —dijo él, besando la parte superior de mi cabeza—. Pero si alguien merece estar ahí, eres tú. Lo que hiciste con GreenOil fue increíble, Courtney. Nadie más habría tenido el coraje de hacerlo.

Suspiré, disfrutando de aquel momento de calma. Clint había sido mi roca durante este último año, siempre apoyándome incluso cuando las cosas se complicaban. Después de dejar GreenOil, había fundado su propia empresa de consultoría en seguridad medioambiental, ayudando a empresas a hacer las cosas de la manera correcta. Era una ironía perfecta, pero también una muestra del hombre en el que se había convertido.

—¿Y tú? —dije girándome en sus brazos para mirarlo a los ojos—. ¿Cómo te sientes?

—Orgulloso de ti —respondió sin dudarlo—. Y un poco ansioso por verte en el escenario, brillando como te mereces.

Me reí, sintiendo cómo el amor que sentía por él llenaba cada rincón de mi ser. Habíamos pasado por tanto, y aun así, aquí estábamos, más fuertes que nunca. Pero esa noche no se trataba solo de nosotros. Era una celebración de la verdad, de la justicia, y también de lo que habíamos logrado juntos.

—¿Crees que sospechan? —pregunté, refiriéndome a la prensa y a cómo habían intentado atar cabos entre mi reportaje y nuestra relación.

—Probablemente —dijo él, encogiéndose de hombros—. Pero no me importa lo que piensen. Solo me importa lo que tú pienses.

—Yo... pienso que no mencionarte en el libro fue casi obsceno —confesé, soltando un suspiro—. Fuiste una parte tan importante de todo esto, y aun así, no dije ni una palabra sobre lo que significas para mí.

Clint me miró. Sus ojos reflejaban el mismo amor que había sentido desde el primer momento que nos encontramos en aquella cena.

—Sabes que no necesitas mencionarme. Lo que construimos es nuestro. No necesitamos la validación de nadie más.

—Lo sé —asentí, aunque aún había algo dentro de mí que deseaba haber sido más abierta sobre nosotros —. Pero no puedo evitar sentir que, de alguna manera, no he sido completamente honesta.

Clint me sostuvo el rostro entre sus manos, haciendo que lo mirara a los ojos.

—Fuiste completamente honesta donde importaba, Courtney. Tu trabajo cambió vidas. Si no te apetece que todo el mundo sepa lo nuestro, está bien. No es asunto de nadie. Esto, lo que tenemos, es real. Y eso es lo único que importa.

Lo besé suavemente, agradecida por su comprensión. Era cierto. Lo que teníamos era real, y era más fuerte que cualquier cosa que alguien pudiera decir. Sin embargo, no podía evitar sentirme nerviosa por lo que la noche nos depararía.

—Vamos a llegar tarde si sigues besándome así —bromeó Clint, separándose ligeramente, pero con esa sonrisa traviesa que siempre lograba hacerme reír.

— Tienes razón —dije, dándole un último beso antes de darme la vuelta para salir del baño — Hora de salir de aquí.

Mientras salíamos hacia el hotel donde se celebraría la gala, pensé en lo lejos que habíamos llegado. Un año antes, ni siquiera habría imaginado que estaría caminando de la mano de Clint hacia un futuro tan prometedor. Pero aquí estábamos, más felices de lo que jamás había soñado.

—¿Te das cuenta de lo mucho que hemos pasado? —pregunté mientras nos acercábamos a la entrada —. A veces siento que todo esto es un sueño.

Clint apretó mi mano, mirándome con ternura.

—Es un sueño hecho realidad, Courtney. Y no lo cambiaría por nada en el mundo.

—Ni yo —respondí, sintiendo una oleada de amor por él que casi me dejó sin aliento.

La gala fue un torbellino de emociones. Recibí el premio con humildad, agradeciendo a todos los que me habían apoyado en mi carrera. Pero mientras estaba sobre el escenario, no pude evitar buscar a Clint en la multitud. Cuando nuestras miradas se cruzaron, supe que todo lo que había hecho, cada sacrificio, había valido la pena.

Al final de la noche, mientras salíamos del salón, juntos, me giré hacia él, con una sonrisa en el rostro.

—¿Sabes qué es lo mejor de todo esto?

—¿Qué? —preguntó él, con esa expresión que siempre me hacía sentir como si fuera la única persona en el mundo.

—Que ahora, con todo lo que hemos pasado, no puedo esperar para pasar el resto de mi vida contigo.

Clint sonrió, sacando una pequeña caja de su bolsillo.

— Entonces, ¿qué tal si hacemos oficial esa promesa?

Me quedé boquiabierta mientras él abría la caja, revelando un anillo de compromiso.

—Clint...

—Courtney, este año ha sido increíble, pero sé que solo es el comienzo. Quiero que seas mi esposa, quiero que construyamos juntos una vida llena de amor, desafíos y, sobre todo, felicidad. ¿Te casarías conmigo?

Las lágrimas llenaron mis ojos mientras asentía, incapaz de hablar. Él deslizó el anillo en mi dedo, y en ese momento, todo fue perfecto.

—Te amo, Clint —logré decir al final, abrazándolo con fuerza.

—Yo también te amo, Courtney. Y prometo hacerte feliz cada día de nuestra vida juntos.

Mientras nos alejábamos de la gala, Clint me susurró al oído con una sonrisa pícara:

—Espero que al menos en nuestra historia me dejes la última palabra, periodista.

No puedo saber qué nos deparará el futuro, pero mientras nos alejábamos del bullicio de la gala, supe que, con Clint a mi lado, todo estaría bien. Teníamos un amor que había superado pruebas contundentes, y ahora tenemos toda una vida para disfrutarlo. Y eso, para mí, es el mejor final que podría haber imaginado.

Un romance por entregas

CAPÍTULO 1

KATHLEEN
La puerta de cristal tenía un cartel brillante que decía "Belford & Associates". Aquel lugar parecía más una fortaleza que una agencia literaria, lo cual me intimidaba un poco. Pero no lo suficiente como para dar media vuelta. *Esto es lo que querías, Kathleen*, me repetí, mientras tomaba aire y empujaba la puerta con más ímpetu del necesario. Entré con una sonrisa nerviosa que trataba de disfrazar de seguridad.

La recepcionista me miró desde detrás de su escritorio minimalista. Sus gafas de montura fina se deslizaron por su nariz cuando levantó la mirada hacia mí.

—Hola, soy Kathleen Meek. Tengo una reunión con el señor Belford.

Sonaba nerviosa. Tenía que tranquilizarme. Ya.

—Espera aquí, por favor —dijo con una voz tan neutra que casi sentí la necesidad de comprobar si era un robot.

Me senté en una de las sillas de cuero mientras trataba de no parecer demasiado inquieta. Era una oficina preciosa. Debía ser un gustazo ir a trabajar a un sitio así todos los días.

Relájate, Kathleen. Es solo una reunión. Un agente literario como cualquier otro. Claro, uno que había rechazado al menos a veinte autores de éxito en los últimos cinco años por no estar "a la altura de sus estándares". Travis Belford no era *cualquier* agente literario. Era un genio del negocio editorial... y, según muchos, un dolor de cabeza.

Le había enviado mi manuscrito hacía un par de meses, y cuando ya daba todo por perdido, me había convocado a una reunión.

Cinco minutos más tarde, la puerta se abrió y allí estaba él. Alto, con el ceño ligeramente fruncido, camisa perfectamente planchada y una mirada de esas que pueden detener el tráfico. Travis Belford en persona. Era inconfundible. Toda una celebridad en el mundillo literario.

—¿Kathleen Meek? —preguntó, como si mi nombre fuera una broma interna en la agencia.

—Esa soy yo —me levanté de un salto y, por un momento, quise ofrecerle la mano, pero noté que él no hacía ningún movimiento hacia mí.

Genial. Empezamos bien.

—Vamos, por desgracia no tengo todo el día —se giró y comenzó a caminar hacia su oficina.

Simpático, pensé, siguiendo su paso rápido mientras trataba de controlar los nervios.

Su despacho me sorprendió. Me esperaba cierto caos, pero era igual de impecable que la recepción: paredes blancas, muy pocos libros, colocados en una estantería negra con baldas de cristal, y una mesa lacada tan brillante que casi me vi reflejada en ella.

—Siéntate —dijo, señalando una silla frente a su escritorio. Lo hizo sin ni siquiera mirarme, como si ya estuviera evaluando si merecía estar allí.

Me senté y, antes de que pudiera abrir la boca, comenzó a hablar.

—Tu manuscrito —lo levantó entre dos dedos, como si estuviera examinando una pieza de museo o, peor, una ensalada mal hecha—. Es interesante.

Según mi experiencia, "interesante" es una palabra trampa. Puede significar cualquier cosa, desde "esto es basura" hasta "esto es una obra maestra, pero no quiero inflar tu ego". Decidí optar por el optimismo (aunque moderado).

—¿Te gustó? —pregunté, casi nerviosa.

Travis levantó una ceja, como si estuviera decidiendo si esa era una pregunta inteligente o no.

—Tienes una voz fresca. Y no escribes como el resto de esos... —se interrumpió buscando la palabra correcta— *amateurs* que suelo ver. Tienes un don, eso está claro. Pero debo decirte que no me ha impresionado del todo.

—Vaya, gracias —no pude evitar que mi tono sonara sarcástico, lo cual fue un error.

—¿Perdón? —dijo, fijando sus ojos en mí, desafiándome.

Oh, maldición. Ya lo había hecho. Me encogí de hombros, intentando suavizar el momento.

—Quiero decir, gracias por ser honesto. Es justo lo que necesito.

No pude evitar notar cómo sus ojos parpadearon brevemente, como si no esperara que yo respondiese de esa manera. Tal vez estaba acostumbrado a que la gente tartamudeara o se hundiera ante su crítica. Pero yo había recibido suficientes rechazos en mi vida como para saber que si no podía reírme de las opiniones críticas, no sobreviviría en esta industria.

—Te puedes imaginar que no cobro por endulzar las cosas —respondió secamente, y pude notar que estaba observando cada uno de mis gestos. ¿Me estaba evaluando como persona?—. Aun así, hay algo en tu estilo. Eres... rara.

Se me escapó una risita.

—*Rara* es mi marca registrada.

—Por "rara" me refiero a: no sigues ninguna convención. Hay momentos en que tu narrativa es como un campo de batalla. Desordenada. Difícil de seguir —se inclinó hacia adelante—. Pero luego, cuando te alineas... haces magia. Tus ideas desbordan el texto. Se comen a las palabras.

Hubo un segundo en que sentí que la energía entre nosotros era demasiado intensa. La forma en que me miraba... como si intentara desarmarme. Como si estuviera probando hasta dónde llegaría antes de quebrarme. Pero lo único que sentí fue química. Fuerte, incómoda, electrizante química. Antes de acudir a aquella reunión ya sabía que Travis Belford era un tipo bastante atractivo. Y yo me creía inmune a los hombres guapos. Pero él era mucho más que eso.

Me aclaré la garganta y sonreí.

—No todos los días te dicen que escribes como en un campo de batalla.

Travis no se rió, pero sus labios hicieron un gesto mínimo, casi como si estuviera conteniéndose.

—La mayoría de los escritores sueñan con orden y perfección. Tú pareces disfrutar del caos.

—Creo que el caos es más divertido. Las mejores historias salen de lo inesperado.

—Hmm... —me observó un segundo más, y me di cuenta de que su mirada era peligrosa. Como si viera más allá de las palabras y las frases, y estuviera tratando de descifrar quién era yo realmente.

—¿Hay algo más que quieras destacar? —pregunté, queriendo romper aquella tensión. Me di cuenta enseguida que aquella pregunta sonaba a "punto final", como si yo misma quisiera acabar con aquella reunión. Autosaboteándome. *Qué novedad, Kathleen.*

Travis se recostó en su silla, cruzando los brazos sobre el pecho. La forma en que me miraba, sin parpadear, me hizo sentir un calor incómodo en la nuca.

—Tienes potencial, Meek. Pero necesitarás trabajar. Mucho. Y si trabajas conmigo, no voy a suavizar nada. Voy a exigirte.

Le sostuve la mirada. Podría haberme intimidado, pero en lugar de eso, sentí una descarga de adrenalina. Este hombre, con su actitud rígida y sus estándares imposibles, era exactamente lo que necesitaba. No solo para mi carrera, sino para algo más que en ese momento no podía explicar.

—¿Hay algo que te hace pensar que no podré con ello?

Por un momento, Travis no dijo nada. La tensión entre nosotros se hizo todavía más palpable, como si el espacio entre nosotros estuviera lleno de electricidad. Y luego, de la nada, se inclinó hacia adelante, apoyando los codos sobre su escritorio de diseño.

—Eso es lo que quiero averiguar. Voy a pedirte que reescribas esta novela. Desde el principio. Sé cómo hacer de ella un éxito. Pero solo será así si sigues mis instrucciones.

Un escalofrío me recorrió la espalda, pero no era del tipo de escalofríos que te hace querer escapar. Todo lo contrario. Este hombre era un desafío, y algo en mí deseaba aceptar el reto.

—Pues bien, veamos cómo me va —dije, intentando mantener la calma, aunque por dentro estaba ardiendo.

Travis me sostuvo la mirada un segundo más antes de inclinar la cabeza ligeramente.

—De acuerdo, Kathleen. Veamos. Te enviaré algunos comentarios por email hoy mismo.

Cuando salí de su oficina, mi corazón latía como loco. Sabía dos cosas con certeza: una, Travis Belford era más que un agente literario implacable. Y dos: iba a hacer que nunca olvidara mi nombre.

CAPÍTULO 2

TRAVIS

La oficina de Claire, mi socia, tenía una energía completamente distinta a la mía. Mientras mi espacio era todo líneas rectas; blanco y negro, ella se rodeaba de color y exceso, con libros apilados en cada rincón, cuadros abstractos colgando de las paredes de manera aleatoria, y una planta asalvajada que parecía a punto de rebelarse y tomar el control de su escritorio.

—Siéntate, Travis, tengo hambre —dijo Claire desde detrás de su escritorio, moviendo algunos libros para hacer espacio a toda la comida a domicilio que había pedido.

Me dejé caer en una silla frente a ella, sin dejar en ningún momento el manuscrito que tenía entre las manos. La novela de Kathleen Meek. Desde la mañana, no había dejado de dar vueltas a esa primera reunión.

—No te has despegado de ese tocho desde hace dos días —comentó Claire con una sonrisa.

Sus rizos desordenados caían por su frente, mientras abría uno de los envases y sacaba una porción generosa de ensalada. Siempre comía ensaladas que parecían más sabrosas que las mías, como si tuvieran algún ingrediente secreto que solo ella conocía.

—No puedo dejar de pensar en ella —admití, lo que hizo que Claire se echase hacia atrás de la impresión.

—¿En ella? ¿O en el manuscrito?

La miré con seriedad, pero no pude evitar sonreír internamente. Claire siempre sabía cómo sacar a la luz todo lo que yo no quería admitir.

—Ambas cosas, supongo. Pero principalmente en el manuscrito. Hay algo en su escritura... no sé cómo explicarlo. Es caótico. Nada de lo que yo suelo buscar en un autor habitualmente. Y, sin embargo... —me interrumpí, dudando por un momento.

Claire levantó la mirada, con el tenedor a medio camino de su boca.

—¿Y, sin embargo, qué? ¿Te gusta?

—No lo sé. Sí. No.

Suspiré, apoyando el bloque de papel sobre mi regazo. El peso de sus palabras me había dejado confuso desde que la conocí esa mañana. Kathleen Meek no era como ninguna otra escritora que hubiera representado.

—Te gusta —dijo Claire con una sonrisa vencedora, señalándome con el tenedor—. Y no solo como escritora.

—Cálmate. No estoy hablando de eso —repliqué, aunque mis palabras sonaron menos firmes de lo que pretendía.

Mi socia tenía el don de atravesar mis defensas. Era una mujer a quien le gustaban las mujeres, y, por tanto, captaba enseguida el mínimo interés que yo pudiese sentir por alguien, cosa que no sucedía a menudo.

—Oh, vamos. Ya me conoces. Puedo ver las señales. Sabes que nunca te diría que representaras a alguien solo porque es guapa o porque tenga muchos seguidores en redes —dijo, moviendo los brazos de manera exagerada, como si imitar la objetividad fuera una broma para ella—. Pero esta chica... Travis, te conozco. He visto cómo reaccionas con otros escritores. Y lo que vi en ti hace un rato no fue precisamente profesional.

Me quedé en silencio, dando vueltas a mis pensamientos, mientras desmenuzaba las palabras de Claire. No quería admitirlo, ni siquiera para mí mismo, pero tenía razón en parte. Mi atracción por Kathleen iba más allá de lo puramente intelectual. Había algo en esa chica, algo que me sacaba de mis casillas y, al mismo tiempo, me obligaba a mirar dos veces.

Intenté desviar el tema.

—Bueno. Centrémonos en su novela. Básicamente, tiene potencial. Creo que puede llegar a ser un éxito. Pero es desorganizada, casi impredecible. Su narrativa salta de un lugar a otro. Pero en ciertos momentos... cuando se alinea, cuando todo cobra sentido... es como si estuviera viendo algo extraordinario. La historia tiene mucha garra.

—Entonces, ¿cuál es el problema? —preguntó Claire, apoyando la barbilla en la mano, intrigada.

El problema. Claro que había un problema. Siempre lo había. Cerré los ojos por un momento, con el recuerdo de ella inundando mi mente.

—Pues que esto no es lo que nos están pidiendo ahora mismo las editoriales. Es *diferente* —murmuré, casi para mí mismo. Pero Claire no se dejó engañar por mi tono.

—Diferente no es malo, Travis —replicó con suavidad. Sabía por dónde iban mis pensamientos, y aunque no quería hablar del tema, Claire siempre sabía cuándo era necesario mencionarlo—. No todas las escritoras son como Felicity.

Mi mandíbula se tensó. Felicity. Solo escuchar su nombre me revolvía el estómago. No quería hablar de ella. No quería revivir el pasado. La herida todavía estaba ahí. Ni siquiera se había convertido en cicatriz.

—Kathleen no es Felicity —añadió Claire, esta vez con un tono más firme—. Y no puedes dejar que esa experiencia te impida tomar decisiones ahora.

Respiré hondo, intentando no perderme en el recuerdo de la relación que tuve con Felicity, una escritora brillante, pero inestable, cuya vida terminó demasiado pronto.

La culpa y los remordimientos me habían seguido desde entonces, como una sombra... recordándome que había fracasado tanto en lo personal como en lo profesional con ella. Me había costado mucho reconstruir todos mis pedazos. Por suerte, Claire había estado a mi lado.

—No estoy diciendo que lo esté dejando influir. Solo que... es complicado, ¿de acuerdo? —resoplé, odiando aquella vulnerabilidad en mi voz.

Claire asintió, comprendiendo que había llegado a uno de mis límites.

—Mira, no tienes que decidir ahora. Dale una oportunidad, Travis. Lee el manuscrito sin prejuicios. Y si descubres que su talento realmente está ahí, entonces deja que eso hable por sí mismo.

—Oh, voy a trabajar en él. Eso seguro. Pero le he dicho que habría que reescribirlo casi entero. Más que nada para ver cómo reaccionaba.

—¿Y?

—Acepta el reto.

—Entonces haz caso de tu olfato, Travis.

Sabía que Claire tenía razón. Siempre era así. Me eché hacia atrás en la silla, observando los montones de libros que había repartidos por su oficina y sintiendo que mi cabeza estaba igual de desordenada.

—Bien. Lo leeré de nuevo esta noche, aunque voy a enviarle ya algunas notas sobre los primeros capítulos —dije finalmente.

—Perfecto. Y si te ayuda, me quedaré aquí para ofrecerte mi opinión experta sobre la trama. O, ya sabes, al menos para beber vino...

Claire volvió a concentrarse en su ensalada.

Sonreí, siempre agradecido por su presencia, aunque no se lo dijera en voz alta. Claire sabía cuándo presionar y cuándo aflojar. Esa era la magia de nuestra relación. No éramos amigos fuera de aquellas paredes. Lo fuimos en el pasado, cuando estudiamos juntos en la universidad. Pero cuando montamos la agencia literaria acordamos limitar nuestra relación al horario laboral, y que fuese mucho más profesional que de amistad.

Y las cosas habían salido bien.

Eso me dejaba espacio mental, mientras esperaba, supongo a que apareciese una mujer como Felicity.

Aunque sabía muy bien que no habría otra como ella.

Kathleen Meek era...solo diferente.

Esa noche, mi apartamento estaba en completo silencio. Tomé de nuevo el manuscrito de Kathleen y me acomodé en el sofá. Mis ojos recorrieron las primeras líneas. Ya lo había leído, pero esta vez, había algo diferente. Yo era diferente.

Con cada página que pasaba, mi irritación inicial se desvanecía. Su escritura era errática, sí. Había momentos en que parecía que perdía el control de la trama. Pero entonces, como si encendiera una chispa, lograba una profundidad emocional que me dejaba sin aliento.

Hubo un momento en particular, un diálogo entre dos de sus personajes principales, que me golpeó con fuerza. Las palabras eran crudas, directas, y llenas de una honestidad que pocas veces encontraba en los autores que solían pulir todo hasta la perfección.

"El caos también es un tipo de orden", decía uno de sus personajes. "Solo tienes que saber cómo bailar con él."

Me recosté en el sofá, dejándome arrastrar por sus palabras. ¿Cómo había hecho esto? ¿Cómo una escritora tan joven, tan inesperada, había logrado llegar a mí de esta manera?

Y luego vino el pensamiento más peligroso de todos. No solo me gustaba su trabajo. Me gustaba ella.

Apreté los dientes, recordando la sonrisa de Kathleen, su manera de desafiarme en la oficina, la forma en que sus ojos se iluminaron cuando le hice una crítica. Era fuerte, y eso me intrigaba. Pero el problema era el mismo de siempre: no podía dejarme llevar por eso.

No otra vez.

Otra escritora no.

Me lo había prometido a mí mismo.

Felicity había sido una lección que aún llevaba en la piel. No podía permitirme caer en el mismo error.

Pero mientras cerraba el manuscrito, fui consciente de mi realidad: no iba a ser tan fácil pasar página con Kathleen Meek.

CAPÍTULO 3

KATHLEEN
Pasear por el mercado de productos orgánicos de Bushville siempre me relajaba. Había algo en el bullicio de la gente, los colores de las frutas y verduras, y el aroma a pan recién horneado que me hacía sentir como en otro mundo. Era el plan perfecto para un sábado por la mañana.

Mi hermana Kelly, como siempre, estaba a mi lado, lanzando comentarios sarcásticos sobre todo lo que veía. Solíamos vernos allí una vez a la semana, para dar una vuelta y comprar algunas cosas.

—¿Sabes qué es lo peor de los mercados orgánicos? —dijo mientras examinaba una cesta de zanahorias de colores—. El precio. Una zanahoria morada como esta no debería costar más solo porque parece exótica.

Sonreí mientras cogía una bolsa de tomates *cherry*.

—Tal vez si las zanahorias fueran menos *mainstream,* no te molestaría tanto pagar por ellas.

—O tal vez deberían inventar una versión más asequible para los que no queremos vender un riñón por comer sano —replicó, replegando su cesta con un poco de dramatismo.

Había pasado la mayor parte de aquel paseo intentando no pensar en él, pero era imposible. Travis Belford se había metido en mi cabeza y no había manera de sacarlo de ahí.

Seguía dándole vueltas a nuestra primera reunión, a sus ojos, sus labios, a la forma de mirarme y de retarme. En aquel momento para mí era una guía, una figura de autoridad en mi vida, y sentirme tan atraída por él debería ser el último de mis planes.

Y, sobre todo, lo que me desconcertaba era lo que había hecho con mi manuscrito. Las primeras recomendaciones que me había dado para mejorarlo eran precisas, casi como si pudiera leer mis pensamientos. Estaba de acuerdo con todas.

Kelly notó que estaba en mi mundo, algo bastante habitual en mí, y me dio un pequeño empujón con el codo.

—Deja de soñar despierta. ¿En qué piensas?

—En Travis —admití, antes de coger una manzana de una de las cestas.

—¿Travis? —repitió Kelly, con una sonrisa curiosa—. ¿Ese es uno de tus nuevos personajes o estamos hablando de un ser humano real?

Paseé la vista por el puesto de fruta, aunque sabía que no iba a escaparme fácilmente de sus preguntas.

—Es un agente literario. Bueno, no mi agente. Todavía no —me corregí rápidamente, dándole un mordisco a la manzana ante la mirada atónita del tendero—. Nos conocimos hace un par de días y... no sé, Kelly. Es extraño. Al principio parecía completamente irritado conmigo, pero luego algo cambió. Me ha enviado sus comentarios sobre los primeros cinco capítulos de la novela que le envié y eran tan precisos que me sorprendió.

—Espera, espera. ¿Un agente? ¿Eso significa que...?

—En realidad solo es un primer paso. Un agente se ocupa de buscar una editorial para tu libro.

—O sea, como un intermediario...

—Eso es...

Kelly se detuvo y me miró directamente.

—Ahá. ¿Y qué pasa con él? ¿Te gusta?

—No es eso —me apresuré a decir, pero el rubor en mis mejillas me traicionó—. Es decir, es... atractivo. Pero es más que eso. Hay algo en él que me confunde. No es como otros agentes con los que me he reunido. Es severo, sí, pero también me escuchó, y eso no me lo esperaba.

—Un momento, vas muy deprisa. ¿Agentes? ¿En plural? O sea, que esto va en serio.

—Siempre he ido en serio en lo que a escribir se refiere, Kelly. Ya sé que tú no lo consideras un trabajo real...pero para mí es mucho más que eso.

Mi hermana recondujo la conversación enseguida. Sabía que ese era uno de mis puntos flacos. Suspiró dramáticamente y señaló una caja de limones gigantes. Me acerqué a ellos.

—Déjame adivinar: un hombre severo pero misterioso, que te desafía intelectualmente y, además, es guapo. ¡Nunca habías caído en ese cliché, hermana!

—No es un cliché —protesté, tratando de no sonreír—. Es solo que me hace sentir como si tuviera que demostrarle algo. Y al mismo tiempo, me da espacio para ser yo misma. Creativamente hablando, claro. No es fácil de explicar.

Kelly asintió, fingiendo estar interesada, mientras examinaba una planta de albahaca.

—Bueno, sea lo que sea, asegúrate de mantenerlo todo en el plano profesional. Al menos hasta que tengas un contrato suculento bajo el brazo. Ya sabes lo que dicen sobre mezclar trabajo y placer.

—¡Es trabajo! —exclamé—. No hemos hablado de nada que no tenga que ver con la novela.

—Ya —dijo ella, claramente escéptica—. Y, dime, ¿cómo de "profesional" es cuando has mencionado lo atractivo que te parece?

Solté una risa nerviosa, dándole un empujón en el brazo.

—Solo estoy siendo honesta.

—A decir verdad, me encantaría ver cómo manejas esta situación —dijo Kelly, con esa sonrisa burlona a la que siempre recurría cuando veía una oportunidad para meterse conmigo—. Pero por ahora, vamos a comprar unas fresas. Si vas a enamorarte de tu agente, al menos deberías estar comiendo algo delicioso y sensual mientras lo haces.

Me reí a carcajadas.

—Eres ridícula, hermana.
Kelly siempre tenía la habilidad de darle la vuelta cualquier situación seria y hacerla divertida. Mientras caminábamos hacia el puesto de fresas que nos llamaba desde la distancia, sentí que me había quitado un pequeño peso de encima. A veces, hablar con mi hermana y que ella se metiera conmigo era lo único que necesitaba para poner las cosas en perspectiva.

Cuando llegué a casa esa tarde, dejé las bolsas en la cocina y me desplomé en el sofá. Saqué el móvil y revisé los correos electrónicos sin muchas expectativas. Y ahí estaba: Travis Belford. Mi corazón dio un pequeño vuelco, aunque traté de ignorarlo. Abrí el email:

DE: TRAVIS BELFORD
Asunto: Almuerzo
Kathleen,
Espero que estés bien. He revisado los primeros cinco capítulos que me enviaste, pero preferiría discutir algunos detalles en persona. ¿Te parece bien si nos vemos el lunes para almorzar? No será en la oficina esta vez.
Travis.

Lo releí dos veces, asegurándome de no haberlo malinterpretado. Almorzar. No en la oficina. Eso era definitivamente... ¿informal? O puede que menos formal de lo que esperaba. Sentí un cosquilleo de pura emoción en la base de mi estómago.

Pero, al mismo tiempo, una pequeña parte de mí estaba nerviosa. Aquella era la típica cosa a la que podía dar vueltas y vueltas hasta entrar en un bucle. ¿Por qué almuerzo y no simplemente una reunión en la oficina? ¿Qué quería discutir en persona que no podía poner por escrito? Mi mente empezó a correr en todas direcciones, imaginando mil escenarios diferentes.

Cogí aire y me forcé a responder de inmediato, antes de que el pánico me dominara:
De: Kathleen Meek
Asunto: Re: Almuerzo
Hola Travis,
Gracias por tus comentarios. Estaré encantada de reunirme contigo para almorzar este lunes. ¿Tienes algún lugar en mente? Envíame sitio y hora.
Kathleen
Si Travis no me gustase más allá del hecho de que podía hacer que mi novela llegase a las librerías, no sentiría esos nervios repentinos y traicioneros al hacer clic en "enviar".
Sentía que esto no era solo una reunión de trabajo, o al menos no lo parecía. Había algo más en juego aquí, algo que no podía nombrar, pero que sentía en cada pequeño intercambio que teníamos.
Cerré el ordenador y cogí mi teléfono móvil. Le envié un mensaje de audio a mi hermana contándole las novedades, y me llamó enseguida. La muy cotilla...
—¡Así que ya hay novedades! ¿eh? Esto va rápido —dijo sin preámbulos, y supe que estaba leyendo mis pensamientos, de alguna manera.
—Acabo de recibir un correo de Travis. Me quiere ver mañana para almorzar —me dejé caer de nuevo en el sofá.
—Por favor, dime que no vas a llevar esos pantalones anchos *antisexy* que usas cuando te pones nerviosa. ¡Aquí estamos hablando de negocios y seducción!
—No hay seducción. Es solo una reunión.
Kelly soltó una carcajada al otro lado de la línea.
—Ay, hermanita. Me encantaría creerlo, pero algo me dice que en este almuerzo va a haber mucho más que charlas sobre libros.
Me mordí el labio, sin saber cómo responder. Por más que intentara mantener las cosas solo en lo profesional, había algo en Travis que

me atraía irremediablemente. Y ahora, con este almuerzo, esta nueva...posibilidad, sentía que esa línea que intentaba mantener tan clara empezaba a desdibujarse.

CAPÍTULO 4

TRAVIS

Salir del restaurante con Kathleen a mi lado fue como abandonar una burbuja de tensión contenida. Durante el almuerzo, habíamos hablado *algo* de su novela, pero lo único en lo que podía concentrarme era en ella: en cómo sus ojos brillaban cuando discutía una de mis sugerencias, la manera en que su sonrisa fácil hacía que olvidara todo lo demás. Esto era un problema, lo sabía. Pero no podía evitarlo.

—No ha estado mal, ¿verdad? —dijo Kathleen, mientras caminábamos por las calles del Village.

—¿El almuerzo? —respondí—. Depende. Si me lo preguntas por la comida, estuvo excelente. Es uno de mis italianos favoritos. Si te refieres a tu libro, me reafirmo: me encantaron los primeros cinco capítulos reescritos. Mucho mejor que la versión original.

Sonrió de nuevo. ¿Aún estaba nerviosa?

—Supongo que es un gran cumplido, viniendo de alguien como tú. No sabía si las modificaciones que sugeriste encajarían bien, pero me alegra haber seguido tu consejo.

Nos detuvimos en una esquina, ante el semáforo en rojo y la gente cruzando delante de nosotros. La miré, y supe que lo que iba a decir a continuación no era solo sobre la novela.

—Quiero que me envíes diez capítulos más. Los diez siguientes.

Ella parpadeó, sorprendida.

—¿Diez más? ¿Así, de golpe?

Asentí, intentando mantener mi expresión neutral.

—Sí. Quiero ver cómo se desarrolla la historia. Ya te dije que creo que tiene mucho potencial, pero quiero estar seguro antes de poner cualquier contrato sobre la mesa y empezar a hacer llamadas.

Kathleen inclinó la cabeza, evaluándome con una mirada que me hizo sentir casi desnudo.

—Potencial —repitió, suavemente—. Eso es lo que crees que tiene mi historia.

—Entre otras cosas.

Mis palabras sonaban cuidadosas, casi cautelosas. Hablar de su novela me daba el margen que necesitaba para ocultar lo que realmente estaba pensando.

El semáforo se puso en verde y comenzamos a caminar de nuevo. El sol de la tarde se filtraba entre los edificios altos, bañando las calles con una luz cálida. El aire de Nueva York tenía ese toque vibrante que solo se encuentra aquí: caótico pero lleno de vida.

—Así que tu agencia estaría dispuesta a representarme —dijo ella, mirando al frente.

Aquella chica no daba puntada sin hilo.

Quería una confirmación, un acuerdo verbal que yo todavía no le podía dar, principalmente porque tenía algo más entre manos. Supongo que estaba jugando con fuego.

—Lo estaría.

Mi tono era serio, pero por dentro luchaba con la verdad. Sabía que esto no era del todo cierto. Claro, el libro tenía posibilidades, pero mi interés iba mucho más allá de su trabajo.

Ella me lanzó una mirada astuta.

—Pero no hay contrato aún.

—No —respondí con voz grave—. Aún no.

Kathleen se detuvo un poco en seco, mirándome con curiosidad. Sus nervios parecían haberse evaporado.

—Y... ¿por qué no? —preguntó—. ¿Qué te detiene?

Mis labios se tensaron. No esperaba que fuera tan directa, pero debería haberlo sabido. Kathleen no era del tipo de persona que se andaba con rodeos. Me detuve también y giré hacia ella, estudiando su rostro por un largo momento.

Mi mente volvió a Felicity, y sentí un dolor familiar en el pecho. Felicity, la escritora talentosa con la que había trabajado, y con quien tuve una relación más allá de lo profesional. Felicity, quien había decidido poner fin a su vida cuando todo se desmoronó entre nosotros.

Ese recuerdo me mantenía al margen. Me mantenía encerrado en un muro de precaución y miedo.

—No es algo que pueda explicarte fácilmente —le dije finalmente, bajando un poco la voz.

Kathleen frunció los labios, y pude ver que no estaba satisfecha con esa respuesta, pero asintió.

—Bien. No quiero que pienses que estoy presionando. Solo... me parece curioso. Como si hubiera algo más que no me estás diciendo.

—Lo hay —admití, antes de sonreír levemente—. Pero, por ahora, sigamos con el paseo. Prometí mostrarte algo.

Me miró de nuevo, pero su semblante se relajó un poco.

—¿Algo? ¿Qué es ese "algo", exactamente?

—Ya lo verás —respondí, dejándome llevar por el delicioso tono juguetón que acabábamos de recuperar.

Caminamos un par de minutos más. La charla fluía con una facilidad que me desconcertaba. Era curioso cómo Kathleen conseguía derribar mis barreras sin esfuerzo. Hablamos de su novela, de mis sugerencias, pero también de cosas triviales, como qué puestos de comida callejera evitar en Nueva York y qué barrios estaban ahora de moda. Era fácil estar con ella, demasiado fácil.

Finalmente, llegamos a un pequeño rincón escondido entre los edificios del Village. Era un jardín zen, pequeño y discreto, que casi nadie conocía. Los sonidos de la ciudad se apagaban en este lugar, como si estuviéramos en un refugio secreto.

Kathleen giró sobre sí misma.

—¿Cómo demonios has descubierto este sitio? —preguntó, maravillada por la calma que nos rodeaba.

—Es uno de mis lugares favoritos para pensar.

Me acerqué a un banco de piedra y me senté, invitándola a unirse a mí.

—¿Vienes aquí a menudo? —preguntó, sentándose a mi lado, tan cerca que nuestras rodillas casi se rozaban.

—Cuando necesito claridad —respondí, girando la cabeza para mirarla directamente a los ojos.

Algo entre nosotros cambió en ese momento. La conversación ligera se detuvo, y lo que quedó allí, en ese hueco entre nuestros labios, era algo palpable, algo que hacía que cada segundo se alargara. *Claridad*. Eso era lo que sentía en este lugar, y sin embargo, con Kathleen, todo se volvía nebuloso, incierto.

—¿Y tienes claridad ahora? —susurró ella, en una voz baja y tentadora.

Mis ojos bajaron a sus labios, y supe que ya no podía contenerme más. Tal vez no debía hacerlo, tal vez era un error enorme y estaba metiendo la pata hasta el fondo, pero en ese instante, no me importó. Me incliné hacia ella, rompiendo la distancia que nos separaba, y la besé.

Fue como cruzar un umbral que había estado evitando desde el primer día. Fue un beso suave, pero desbordado por una intensidad que me conmovió. Kathleen no se apartó, al contrario, respondió con una pasión que me dejó sin aliento. Era como si los dos supiéramos que esto iba más allá de cualquier contrato o novela.

Cuando nos separamos, sus ojos seguían fijos en los míos, sorprendidos pero también... complacidos.

—¿Qué fue eso? —susurró.

—Algo que llevaba días queriendo hacer —respondí, incapaz de ocultar una sonrisa.

Ella se rió suavemente, inclinándose hacia mí con un brillo especial en los ojos.

—Bueno, pues me alegra que finalmente lo hicieras.

Y en ese momento, supe que no había vuelta atrás.

Kathleen Meek había entrado en mi vida y no tenía ninguna intención de dejarla salir.

CAPÍTULO 5

KATHLEEN
Estaba sentada frente a mi portátil. La claridad de la tarde se colaba entres las cortinas mientras mi dedo se desplazaba inquieto encima del ratón.

Habían sido dos días enteros de trabajo ininterrumpido, tratando de concentrarme en la reescritura de los siguientes diez capítulos para Travis, pero la realidad era que no podía sacarme su imagen de mi cabeza. Ni su imagen ni el recuerdo de ese beso.

El jardín zen en el Village. El aire plomizo de Nueva York que de repente se había vuelto ligero a nuestro alrededor. La forma en que sus labios habían buscado los míos, como si ambos lo hubiéramos estado esperando desde el primer momento en que nos vimos. Fue rápido, pero el eco de ese beso se repetía una y otra vez en mi mente, envolviéndome en una sensación de la que no podía ni quería deshacerme.

Suspiré, mirando el correo electrónico en mi bandeja de enviados. La nueva entrega estaba hecha, los capítulos ya en manos de Travis, pero algo en mí temía haber arruinado todo. Su email de respuesta había sido un rápido y escueto: *OK. Recibido.*

Tal vez él se había arrepentido de ese beso.

Tal vez aquello había sido un error y más pronto que tarde estaría de nuevo en busca de agente.

¿Y si ese beso había sido una equivocación para él? ¿Se había echado atrás? Habían pasado tres días y no había vuelto a mencionar nada desde entonces. Lo único que sabía es que mis emociones estaban fuera de control. Estaba obsesionándome con alguien que no debería.

Concéntrate, Kathleen, me dije en voz baja. Pero el vacío en mi mente seguía siendo ocupado por Travis Belford.

Lo único que podía hacer era buscar una distracción... o tal vez no. Mi curiosidad me llevó a abrir una pestaña de Google. En un impulso, mis dedos empezaron a escribir su nombre: Travis Belford.

No deberías estar haciendo esto, murmuré de nuevo, pero esa vocecita no me detuvo.

Los resultados aparecieron rápidamente. Lo que encontré fue una mezcla de artículos sobre su éxito como agente literario, entrevistas, premios que había ganado... Pero lo que realmente llamó mi atención fue un nombre que ya conocía: Felicity Harmon.

Me quedé paralizada. Sabía quién era Felicity, la escritora que había sacudido el mundo de la literatura con su estilo provocador y sus personajes trágicos. Lo que no sabía, lo que nunca había conectado, era que Travis había sido su agente.

Las noticias eran devastadoras. Habían pasado ya algunos años, pero estaba todo allí, en Internet. Felicity Harmon, la escritora brillante, murió de forma trágica y repentina.

Se decía que estaba pasando por una etapa difícil, que su última novela no había sido bien recibida y que sus problemas personales habían empeorado. Y entonces, un nombre seguía apareciendo una y otra vez en los artículos: Travis Belford. Su agente. Su confidente. Su, quizás, amante. Esto último lo leí en un blog de cotilleos literarios.

El estómago se me encogió.

Cerré el portátil de golpe, tratando de controlar un cóctel de emociones: sorpresa, incomodidad y algo más que no podía identificar del todo.

¿Había más cosas en la historia de Travis que no sabía? Claro, era evidente que tenía un pasado, como todos, pero esto... esto lo complicaba todo. Y, de repente, todas las dudas que me habían estado rondando se intensificaron. ¿Me había besado porque realmente quería hacerlo, o había algo roto dentro de él, algo que no había podido dejar atrás?

Fui a la cocina a prepararme una de mis infusiones, tratando de calmarme, pero mi mente ya había empezado a trabajar a mil por hora.

¿Y si Travis era uno de esos hombres marcados por tragedias que arrastraban consigo un vacío que nunca podría llenar?

Sin pensarlo demasiado, busqué mi teléfono y llamé a Kelly. Mi hermana siempre había sido mi voz de la razón, aunque a veces me parecía que su "razón" tendía a ser demasiado pragmática para mi gusto. Lo cogió en apenas unos segundos.

—¿Kath? —respondió con voz animada—. ¡No me digas que has terminado el libro ya! Las correcciones que te han pedido, me refiero.

—No, todavía no —dije, esforzándome por sonar más tranquila de lo que me sentía—. Quería hablar contigo sobre algo... algo que acabo de descubrir.

—Mmmm, claro, dame un segundo. ¿Qué ha pasado?

Dudé un instante, pero después de haber leído lo de Felicity, tenía que contárselo. Quería escuchar la opinión de Kelly, aunque ya sabía que probablemente no me gustaría lo que iba a escuchar.

—Es sobre Travis, mi... bueno, el agente literario con el que estoy trabajando.

Kelly guardó silencio durante un segundo, como si supiera que algo importante venía detrás. Que las bromitas del día del mercado habían dado paso a algo más serio.

—¿Qué pasa con Travis? —preguntó finalmente.

Me mordí el labio, intentando encontrar las palabras.

—He estado leyendo un poco sobre Felicity Harmon. ¿Te acuerdas de ella? Te regalé un libro suyo unas Navidades, hace unos años.

—Sí. Yo me compré un par más, de hecho —la voz de Kelly se volvió más cautelosa—. Felicity tenía mucho talento, pero su final fue... ya sabes, trágico. ¿Qué tiene que ver Travis con todo eso?

—Era su agente.

Las palabras salieron como un susurro, pero la respuesta de Kelly fue rápida.

—Oh. ¿Y entonces?

—Kelly, no sé. Es extraño. Todo esto ha salido de la nada. Ya sabes que me cuesta concentrarme desde que lo conocí. Pero ahora... ahora sé que estuvo involucrado de alguna manera en la vida de esta escritora que terminó quitándose la vida. Y me da que pensar. Sobre qué tipo de relación tuvo con ella. He visto un breve vídeo de la recepción que hubo en el funeral. En él salía Travis. Y se le veía devastado. Un hombre y una mujer prácticamente lo sostenían.

Kelly suspiró al otro lado de la línea, y la imaginé frotándose la frente, como solía hacer cuando intentaba desentrañar algo complicado.

—Kathleen, suena como si te estuvieras metiendo en terreno pantanoso. No conozco a este hombre, pero... si ya tiene un historial tan complicado, no sé si deberías seguir adelante. Quiero decir, ¿de verdad merece la pena? ¿Tenéis ya un contrato en firme?

—Todavía no.

—Uf... ¿Te ha dado alguna fecha? Esto me huele un poco a chamusquina.

Pensé en el beso. Estuve a punto de contárselo a mi hermana, pero no me apetecía recibir una de sus reprimendas.

Y quise también decirle que no tenía por qué ser así, que Travis era un profesional y que lo del contrato era solo una formalidad, que de hecho ya estábamos trabajando en la novela y que si por una catástrofe todo se viniese abajo, yo ya habría mejorado el texto gracias a sus observaciones. Algo dentro de mí me detuvo, y me di cuenta de que ni siquiera yo estaba completamente segura.

—No lo sé, Kelly —admití finalmente—. Al margen de la novela, es él en quien pienso. Es que... siento que hay algo más en él. Algo que me atrae, pero también me asusta. Y ahora no puedo ignorar lo que pasó con Felicity, lo había olvidado por completo, pero tampoco puedo dejar de pensar en él.

—Kath, por favor, no te hagas daño. Lo último que quiero es verte atrapada en algo que pueda salir mal. Por lo que me cuentas, suena como si este tipo estuviera atormentado por algo que tú no puedes arreglar.

Eso era exactamente lo que temía. Que Travis estuviera roto por dentro, y que mi atracción hacia él solo me llevara a la misma oscuridad en la que había caído Felicity. Pero... no podía evitarlo. Lo deseaba. Deseaba saber más sobre él, entenderlo, y sí, quizás arreglar algo que estaba mal en los dos.

—Voy a ser cuidadosa —dije, aunque ni yo misma me lo creía del todo—. Lo prometo.

Kelly suspiró otra vez, y su voz se suavizó.

—Solo ten cuidado, ¿de acuerdo? A veces las personas nos atraen por razones que no son del todo buenas.

Colgamos, y me quedé mirando el teléfono durante un largo rato. Kelly tenía razón. Pero no podía evitar sentir que, a pesar de todo, Travis y yo estábamos destinados a entrelazar nuestras vidas de una forma u otra.

Solo que ahora no sabía si eso era lo mejor.

Justo cuando estaba a punto de apagar el portátil y rendirme al caos de mis pensamientos, mi bandeja de entrada parpadeó con una nueva notificación.

Era un email de Travis. El corazón me dio un vuelco al ver su nombre. Abrí el mensaje con nerviosismo, esperando... ¿qué exactamente? No lo sabía. Pero el correo era breve, casi frío.

Kathleen, me gustaría que hablásemos sobre los últimos diez capítulos mañana. Nos vemos en mi oficina, a las 20:00.

Me quedé mirando la pantalla, sintiendo una pequeña punzada en el pecho. Después del beso, después de todo lo que había pasado entre nosotros, me sorprendía que él quisiera volver a su oficina, a un entorno tan... clínico.

    Habría esperado algo más personal. El hecho de que volviera a citarme en allí, como si nada hubiera ocurrido entre nosotros, me dejaba un sabor amargo. La expectativa de un encuentro más íntimo se desvaneció lentamente, y me di cuenta de que, a pesar de todo, ya me había hecho ilusiones.

    Maldita sea.

CAPÍTULO 6

TRAVIS
Había algo en la penumbra de la oficina a esa hora que hacía que todo pareciese más íntimo de lo que yo había previsto. El edificio estaba casi vacío; Claire se había ido hacía rato, y solo el leve zumbido de las luces del pasillo interrumpía el silencio.

Kathleen estaba sentada frente a mí, con toda su atención focalizada en el arsenal de papeles que tenía sobre el escritorio, pero todo lo que yo podía hacer era observarla a ella.

Llevaba una blusa ajustada que, aunque elegante, dejaba ver un escote que me tenía al borde del abismo. Y esas piernas, largas, cruzadas con una aparente despreocupación, asomaban bajo la falda. El efecto que provocaba en mí era devastador. Me intoxicaba. ¿Qué demonios había estado pensando al citarla aquí, en mi oficina, a solas, casi de noche? Me había puesto a prueba a mí mismo, y estaba perdiendo estrepitosamente.

—Entonces, ¿qué te ha parecido? —preguntó de repente, rompiendo el silencio con su voz suave, mientras levantaba la vista de los papeles.

Intenté concentrarme en los diez capítulos que había leído, pero mi mente estaba dispersa. Había algo en el ambiente, en la forma en que la luz de mi lámpara Stark caía sobre su piel, que hacía que cada palabra que intercambiábamos se desdoblase en docenas de significados. Me aclaré la garganta y me forcé a mantener mi postura más profesional.

—Son excelentes, Kathleen —dije, con una voz más grave de lo que esperaba—. La forma en que has reescrito la tensión entre los personajes... La historia está mucho más viva ahora. El desarrollo es sólido, y hay momentos que realmente te atrapan —me incliné ligeramente hacia adelante, tratando de mantener los ojos en los papeles y no en ella—. Creo que Claire y yo podemos trabajar con esto. Puedo empezar a llamar a algunos editores.

Ella sonrió, inclinando la cabeza de una forma que me hizo pensar que tal vez sospechaba el efecto que estaba causando en mí.

Esa chispa traviesa en sus ojos no ayudaba en absoluto. Me la quedé mirando un segundo más del que debería, perdiéndome en esa seguridad y vulnerabilidad que ella llevaba tan bien.

—Me alegra que te guste, Travis —se recostó ligeramente en la silla, haciendo que su blusa se ajustara aún más a su figura. Mi control se tambaleaba—. Pero siento que todavía hay algo que no dices. ¿Debería preocuparme?

Un destello de duda cruzó su rostro, y por un momento pude ver más allá de la fachada. Ella realmente se estaba preguntando si había algo más, si había alguna crítica que no había expresado. En realidad, la única crítica que tenía en mente era hacia mí mismo, por ser tan débil en su presencia.

—No hay nada de qué preocuparse —mi voz sonó tensa incluso para mis oídos, y Kathleen levantó una ceja—. Es solo que... Bueno, ya sabes, hay ciertas partes que todavía me gustaría pulir un poco. Pero en general, está en la dirección correcta.

Ella asintió, mordiéndose ligeramente el labio mientras apartaba la vista, una pequeña señal de nerviosismo que me hizo querer cruzar el escritorio y besarla de nuevo. *Maldita sea, Travis, contrólate.*

—¿Por qué aquí? —preguntó de repente, con un tono más bajo, más suave.

Su pregunta me pilló por sorpresa.

—¿Qué?

—¿Por qué me has citado en tu oficina esta vez? Después de lo del otro día... —se detuvo, dejando el final de la frase flotando en el aire entre nosotros.

La razón estaba más que clara, pero no podía decirla.

No podía decirle que la había citado aquí porque necesitaba desesperadamente recordarme que esto era una relación profesional. Porque, de alguna manera, estar en un lugar tan formal, tan estructurado, me ayudaba a no lanzarme sobre ella. Pero había sido un error. La oficina estaba vacía, la noche cayendo, y la cercanía entre nosotros hacía que todo pareciese mucho menos profesional y mucho más íntimo. Como si este espacio fuera solo nuestro, apartado del mundo real.

—Creí que sería mejor hablar de estos nuevos capítulos aquí —mentí a medias—. En un lugar más... apropiado.

Ella no dijo nada durante unos segundos, solo me miró. Sabía que mi respuesta no era del todo honesta. Lo sabía, y eso solo aumentaba la tensión.

—¿Apropiado? ¿Casi de noche? —repitió, con una sonrisa ladeada asomándose a sus labios—. No estoy tan segura de eso.

Me reí, más como un mecanismo de defensa que por encontrarlo gracioso. La había traído aquí pensando que sería más fácil mantener las cosas en orden. Al menos mientras terminábamos de pulir la novela. Pero mientras la miraba, sabía que había cometido un error. Un error peligroso.

Me levanté, asustado por mis propios pensamientos. Y ella hizo lo mismo.

—Travis...

Nos besamos, y ella se recostó en la mesa mientras empezaba a desabotonar mi camisa.

CAPÍTULO 7

KATHLEEN
Saboreé el orgasmo que había tenido con aquel primer contacto. Sentí como mi rostro se enrojecía, incapaz de expresarlo en voz alta, de confesar que acababa de correrme con un solo beso.

La primera vez que Travis me besó estábamos los dos sentados en un banco de piedra, y allí, de pie junto a su mesa, me di cuenta de lo grande que era. Tal vez era el chico más alto con el que había estado. Se había acercado, me había besado por el cuello y había pegado su cadera a la mía. Y yo me había corrido. Así de fácil.

Me arrodillé. Quería devolverle aquella explosión. Saqué su miembro del pantalón y me lo metí en la boca, excitándome aún más por las implicaciones de hacer aquello en mitad de nuestra reunión. Había perdido la cabeza por completo, pero a juzgar por sus gemidos, no parecía que eso le preocupase a Travis.

Nunca he sido muy fan de las felaciones. Tenían un componente de sumisión que no siempre encajaba conmigo; pero de alguna manera, allí, con Travis, me sentía muy poderosa. Era alto y fuerte, y sin embargo yo lo tenía a mi completa merced.

Rodeé su miembro con mi lengua, mientras él la introducía un poco más. Era evidente que estaba haciendo un serio esfuerzo por controlarse, pero no era eso lo que yo quería. Así que aumenté el ritmo; más rápido y mucho más húmedo, hasta que Travis entró en una especie de trance. Definitivamente, era yo la que estaba al mando, y eso era una verdad contundente.

—Kathleen, para —murmuró, como si le faltase el aire—. Hay otras cosas que quiero hacer antes de correrme.

Me detuve, apretando por última vez con mis labios. Me puse en pie, y él se echó encima de mí, obligándome a sentarme sobre su mesa.

—¿Quieres...? —pregunté.

—Sí, claro que sí —dijo, leyéndome la mente.

Me agarró por las nalgas y me atrajo hacia sí.

La busqué con mis manos y la posicioné en mi entrada, y entonces me deslicé un poco sobre la mesa hasta que nuestros cuerpos encajaron a la perfección.

Era de un tamaño considerable y ya la había explorado con mi lengua, pero por un momento me preocupé un poco de que mi cuerpo no pudiese con ella. Sin embargo, la polla de Travis se deslizó en mi interior como si hubiese nacido para ello. Me detuve un momento para ajustarme a su grosor mientras respiraba hondo.

—Dios, Kathleen. Es la mejor sensación del mundo —dijo.

Noté enseguida que volvía a contenerse, que lo que en realidad quería Travis era follarme hasta el fondo, a poder ser con un ritmo endiablado. Menos mal que ya nos habíamos amoldado el uno al otro. Levanté un poco mis caderas para facilitarle el camino.

Él me cogió y me atrajo de nuevo hacia sí. No sé en qué momento mis pechos se habían desbordado, rebosando por la parte superior del sujetador, pero la cuestión es que mis pezones estaban al aire. Él atrapó uno de ellos en su boca. Empezó un juego irresistible con él, lamiéndolo, mordisqueándolo un poco, succionándolo...

Antes de que me diese cuenta, mis caderas se movían solas, a pesar de que era él quien estaba de pie. Yo me revolvía encima de su mesa. Su miembro crecía dentro de mi cuerpo, y al parecer había topado con algo que me tenía al borde de un nuevo orgasmo.

—Eres tan increíble —dijo, apartándose un momento de mis pechos para mirarme—. Ver como te mueves buscando tu propio placer es lo más maravilloso de este mundo, Kathleen.

Contuve el aliento cuando fui consciente de que Travis, ahí dentro, había alcanzado mi punto G de nuevo.

—Eso es, preciosa —dijo, sujetando mis caderas—. Necesito que te corras para mí, otra vez.

Y como si hubiese estado esperando a su permiso explícito, mi orgasmo me arrasó una vez más, mientras él se volcaba sobre mi cuerpo y yo respiraba a duras penas junto a su oído.

—Qué buena chica —dijo, y yo podía sentir su sonrisa solo con su voz—. ¿Estabas esperando a que yo te dijese que te corrieras?

—No lo sé —respondí—. Nunca lo he hecho a petición de alguien...como ha pasado ahora.

—¿No? Entonces tendremos que practicar más veces.

Sujetó mis caderas con firmeza y empezó a entrar y salir, más rápido. Más fuerte y duro. Hubo un momento en que se detuvo, salió de mi cuerpo y me pidió que me diese la vuelta. Yo lo hice, y eso me dio un respiro. Puse la mejilla sobre su mesa, sobre mi propio manuscrito desperdigado. Se me olvidó todo lo que habíamos hablado en ese rato. Lo único que existía para mí en ese momento era la increíble sensación de ser penetrada hasta la extenuación.

Perdí la noción del tiempo.

Noté cómo caía de nuevo en una especie de espiral que me llevaba de nuevo hasta un potente clímax, al que mi cuerpo podría acostumbrarse perfectamente.

—Córrete otra vez, Kathleen. Córrete para mí.

Y exploté otra vez.

Así de sencillo.

Así de fácil lo hacía él, y así conocía mi cuerpo, en apenas unos minutos que se sentían como décadas.

Noté como Travis seguía bombeando mientras yo trataba de cabalgar aquella brutal ola. Y en apenas unos segundos, su ritmo se volvió irregular y noté cómo se derramaba entre mis piernas, caliente y viscoso.

Y en lugar de apartarse, me abrazó con más fuerza y me susurró en el oído:

—Tienes que saber que eres mía, Kathleen.

CAPÍTULO 8

KATHLEEN
Estaba sentada frente a mi escritorio, premiándome con un delicioso té de almendras y un donut. La sensación de satisfacción y alegría que flotaba en el aire era indescriptible. Había terminado las últimas revisiones de mi novela.

Después de días intensos de reescrituras, varias noches sin dormir y ese vaivén emocional con Travis que había sido todo un reto para mi concentración, por fin lo había logrado. Todo el esfuerzo había valido la pena, y ahora estaba lista para entregar el final.

Sonreí mientras repasaba mentalmente los últimos días. Lo que había pasado entre Travis y yo parecía casi surrealista. Nos habíamos besado en el jardín zen, en su oficina había habido fuegos artificiales, y desde entonces... bueno, podía decirse que estábamos juntos.

O al menos eso sentía.

Había química y deseo, pero también una conexión más profunda que se había ido construyendo a través de cada interacción, cada conversación sobre la novela, cada mirada furtiva que cruzábamos sin que las palabras fueran necesarias.

Pero a pesar de todo, yo necesitaba concentrarme en terminar el manuscrito. Habíamos hablado de eso, y Travis había sido comprensivo cuando le pedí unos días para aislarme. "Lo primero es la novela", me había dicho con esa voz grave que me derretía, "después ya veremos". Y aquí estaba, feliz, con mi obra terminada y lista para ser enviada.

Él, por su parte, estaba en Chicago. Uno de sus autores más importantes había solicitado su presencia, y Travis había tenido que viajar de repente.

Me dijo que solo sería una semana, tal vez un poco más, pero que estaría disponible para cualquier cosa relacionada con mi libro. Lo cierto es que me sentía bastante tranquila. Saber que él volvería pronto y que las cosas entre nosotros iban bien me daba una extraña paz interior.

Abrí mi correo, adjunté el manuscrito y tecleé una nota rápida para Travis.

Travis, aquí está. El final. Me muero por saber qué piensas. Besos, Kath.

Hice clic en "Enviar" y me recosté en la silla, cerrando los ojos por un momento. Lo había logrado. Todo estaba en su sitio, por fin. Ahora solo faltaba esperar a que él regresara y pudiéramos celebrarlo juntos. Quizás con una cena, o tal vez algo más íntimo. La idea de tenerlo de vuelta conmigo me hizo sonreír como una adolescente.

Justo cuando estaba a punto de levantarme y prepararme algo más consistente para comer, mi móvil vibró. Miré la pantalla y noté que era un correo nuevo. Al principio pensé que sería Travis, quizás sorprendiéndome con una respuesta rápida. Pero no. El remitente era Claire. Su socia en la agencia. No la conocía aún en persona.

Deslicé el dedo por la pantalla y abrí el mensaje, sin darle demasiada importancia al principio.

HOLA KATHLEEN,

Espero que estés bien. Te escribo porque Travis me ha comunicado que has terminado tu novela, ¡felicidades! Quería comentarte que, si te parece bien, seré yo quien se ocupe de buscarte un editor y de seguir con el proceso.

Travis ha decidido dejar la agencia, y aunque no me ha dado demasiados detalles todavía, parece que su viaje a Chicago será el último. Si te soy sincera, estoy un poco en shock, pero haremos que todo salga bien.

Un abrazo,

Claire
Mi corazón empezó a latir violentamente.
¿Qué?
Releí aquel email, con la esperanza de que mis ojos hubieran cometido algún error, pero no. ¿Travis había decidido dejar la agencia? Vamos a ver. ¡Pero si era suya! Su apellido estaba escrito en la puerta de la entrada.

Todo lo que estaba sintiendo, la felicidad, el alivio de haber terminado el libro, se evaporó en un segundo, dejándome con un vacío enorme en el pecho. Esos latidos contundentes ya no tenían nada que ver con la emoción, eran pura ansiedad.

¿Qué significaba todo esto? ¿Por qué no me había dicho nada si nos habíamos visto hacía tan solo unos días? Intenté procesar la información, pero mi mente estaba en ruinas. Claire mencionaba que ella seguiría con mi novela, pero ¿qué pasaba con Travis? ¿Por qué no me lo había dicho él directamente? ¿Es que todo esto tenía que ver conmigo?

Me levanté de golpe, con las manos temblorosas, y busqué mi móvil. Tenía que llamarlo. Él estaba en Chicago, pero no tenía idea de qué hora sería allí. Aun así, no podía esperar. Marqué su número y me llevé el teléfono al oído, rezando para que contestara.

El teléfono sonó una, dos, tres veces, hasta que una grabación automática me informó que estaba apagado o fuera de cobertura. Mi corazón dio otro vuelco. Volví a intentarlo. Nada. Su móvil seguía apagado.

Me paseé de un lado a otro de mi pequeño apartamento, sintiendo cómo la ansiedad crecía dentro de mí, expandiéndose hasta dificultarme la respiración. ¿Por qué estaba haciendo esto? ¿Por qué no me había dicho nada antes de irse? Todo lo que había sucedido entre nosotros... ¿acaso no significaba nada? No podía ser una simple coincidencia que justo ahora, después de todo lo que habíamos compartido, decidiera irse a Chicago.

Llamé a mi hermana Kelly.

—¿Kath? ¿Estás bien? —contestó ella, sorprendida por mi tono—. Suenas... ¿qué ha pasado?

—No lo sé, Kelly —respondí, conteniendo las lágrimas—. Travis... Travis ha decidido dejar la agencia. No me ha dicho nada, solo me enteré porque su socia me envió un correo. No sé qué hacer, no sé qué pensar.

Kelly suspiró al otro lado de la línea.

—Lo primero de todo, tranquilizarte. Es posible que haya una buena razón para todo esto. Quizás solo... no lo sé, ¿está agobiado con el trabajo? Puede que tenga más que ver con su carrera que contigo.

—No lo sé —dije, apretando los dientes—. Pero no puedo soportar la idea de que se haya ido sin decirme nada. Y no puedo hablar con él, su teléfono está apagado. ¿Qué hago?

Kelly hizo una pausa antes de responder.

—No saques conclusiones precipitadas. Espera a que hable contigo. Quizás sea más sencillo de lo que crees. Pero, si hay algo que deberías hacer, es prepararte para lo que venga. Según lo que me has ido contando, Travis puede ser un hombre complicado.

CAPÍTULO 9

TRAVIS

El viento soplaba frío en el cementerio Oak Woods de Chicago. Las hojas de otoño crujían bajo mis zapatos mientras caminaba por el sendero empedrado que llevaba a la tumba de Felicity. No había estado aquí desde el día del entierro.

Había querido evitar este lugar, como si al mantenerme alejado de su lápida pudiera dejarla atrás, como si ignorar este sitio pudiera borrar la sombra que su muerte había dejado en mi vida. Pero sabía que, si quería avanzar, tenía que enfrentarme a esto.

Cerrar un ciclo.

Decir adiós.

La lápida de mármol gris se erguía frente a mí, sencilla, sin adornos, solo con su nombre grabado con precisión:

Felicity Harmon, 1986-2021

No había epitafio, porque no había palabras que pudieran resumir quién era ella o lo que había vivido. La vida de Felicity fue un torbellino de emociones, de altibajos. Convivía con la depresión desde siempre. Era una escritora que parecía destinada a crear arte desde el sufrimiento. Era una de esas almas que nunca lograron encontrar consuelo en su propio éxito.

Me quedé de pie frente a su tumba, sintiendo el peso de todos los recuerdos.

Felicity había sido brillante, alguien con una imaginación feroz y una voz literaria única. Desde el principio, supe que su carrera despegaría como un cohete, y así fue. Los contratos llegaron, los elogios, las listas de los más vendidos.

Pero detrás de todo eso, detrás de las apariencias, estaba su dolor. Ni el éxito ni el reconocimiento pudieron salvarla de sí misma.

Ella y yo nos liamos en un momento de debilidad, en medio de todo ese caos.

No fue algo planificado ni especialmente romántico.

Fue lo que fue: dos personas quebradas buscando algo, aunque ni siquiera sabíamos qué era. Para ella, tal vez, fue un escape temporal de su dolor. Para mí... bueno, no supe lo que significaba hasta mucho después de que ella se hubiera ido.

No me obsesioné con Felicity mientras estaba viva, pero cuando murió, algo cambió dentro de mí. Sentí culpa. Sentí que había fallado en ver lo que realmente le pasaba. Era su agente, pero también había sido algo más. Estaba tan cegado por el trabajo, por la necesidad de llevarla a la cima, que no vi que la cima no era lo que ella necesitaba.

Agaché la cabeza, cerrando los ojos por un momento. *No pude salvarte*. Era un pensamiento que me había perseguido desde el día que recibí aquella llamada, el día que me dijeron que Felicity se había quitado la vida. Y aunque con el tiempo aprendí a vivir con esa realidad, nunca me lo perdoné del todo.

Sentía que estar aquí, frente a su tumba años después, era mi despedida final.

Felicity siempre sería una parte de mí, pero también sabía que tenía que dejarla ir para poder centrarme en lo que venía.

Y lo que venía era enorme. Iba a convertirme en el nuevo editor jefe de una de las editoriales más prestigiosas de Nueva York. Era una oportunidad que había estado esperando desde hacía años, y mi primer gran proyecto sería el libro de Kathleen.

Kathleen.

Con solo pensar en su nombre, mi pecho se contrajo ligeramente, y no de tristeza como había sucedido antes, sino de algo diferente. Algo que no me había permitido sentir desde hacía mucho tiempo. A

Kathleen no la había buscado ni planeado, pero se había convertido en lo único que llenaba mis pensamientos.

De alguna manera, ella rompía todos mis moldes. No se parecía a ninguna escritora con la que hubiera trabajado antes. Su estilo fresco y desenfadado, su forma de ver el mundo, y hasta esa actitud relajada que al principio me irritaba, ahora me intrigaban. Y, lo más importante, ella me hacía sentir vivo de una forma que no había sentido en años.

Contemplé de nuevo la tumba de Felicity y susurré en voz baja, como si de alguna manera ella pudiera escucharme:

—Adiós, Felicity. Siento no haber podido hacer más. Pero debo seguir adelante. Y lo haré. Me temo que esto es una despedida.

Me di la vuelta y empecé a caminar de vuelta hacia el coche. El viento sopló con más fuerza, como si fuese la respuesta que había ido a buscar allí, pero sentí que, con cada paso que daba, algo de ese peso se levantaba de mis hombros. Era hora de pasar página.

Pero además de despedirme de Felicity, estaba en Chicago por otra razón. Era mi último viaje como agente literario. La presentación de la novela de Kirk Bennet, uno de mis autores más importantes, fue un éxito rotundo. El auditorio estaba lleno, los aplausos resonaban, y las ventas de su libro volaban.

Mientras me encontraba en esa habitación llena de gente, me di cuenta de que ya no sentía esa presión de tener que demostrar algo a alguien. Esta presentación era importante, sí, pero lo que realmente ocupaba mi mente no era el éxito de esa noche, sino el futuro.

Mi futuro con Kathleen.

Desde que ella entró por la puerta supe que no podía seguir en la agencia. Era hora de avanzar hacia algo más grande, algo que me permitiera centrarme en lo que realmente quería: trabajar en otro eslabón de la literatura, pero también en mi vida personal. Y eso incluía a Kathleen.

Volvería a Nueva York en unos días, y lo primero que haría sería proponerle que siguiéramos adelante, no solo con su libro, sino también con lo que habíamos empezado juntos. Sería su editor en mi nuevo puesto, pero también quería ser su pareja. Y antes de todo, hablaría con Claire. Le explicaría mi plan con todo detalle. Ella iba a quedarse al mando de la agencia y debía ser la encargada de preparar el contrato de Kathleen.

El mejor de los contratos.

Y aunque sabía que mezclar lo profesional con lo personal era complicado, esta vez no me iba a esconder. Felicity había sido parte de mi pasado, una lección dolorosa, pero Kathleen era mi presente y mi futuro.

Eché una última mirada al cielo gris de Chicago, sabiendo que había enterrado a todos mis demonios en aquel cementerio. Iba a luchar por lo que quería, y lo que quería era a ella.

CAPÍTULO 10

KATHLEEN
—¿Entonces, firmo ya? —pregunté, observando el contrato sobre la mesa.

Mi sonrisa temblaba entre la emoción y los nervios, mientras miraba a Claire buscando alguna señal.

Ella soltó una risa suave, casi burlona.

—Depende, ¿quieres que este sea el comienzo de tu carrera como autora *bestseller*?

Me reí también, aunque la verdad era que mi mente estaba en otro lugar. Mientras Claire me hablaba de las condiciones y la letra pequeña, yo intentaba no mirar el teléfono. Ese mensaje escueto de Travis, "hablamos en cuanto llegue a Nueva York", había sido mi única conexión con él en los últimos días, y estaba empezando a preguntarme si había algo más detrás de su silencio.

—Vamos, Kathleen, ¿a qué estás esperando? —insistió Claire.

—No es el contrato lo que me preocupa —dije, casi sin pensar.

Se palpaba cierta tensión en el ambiente de aquel caótico pero encantador despacho. Pero no era una tensión negativa. Tal vez eran mis propios nervios. El tipo de nervios que sientes cuando sabes que algo importante está a punto de suceder, y eso me tenía al borde de mi asiento.

Claire, sentada frente a mí, repasaba los detalles del contrato editorial que tenía delante y que ella misma llevaba días negociando. Un contrato enorme, brillante, con un adelanto de dinero que no había ni soñado en mis primeros años como escritora.

Suspiré mientras leía el último párrafo por enésima vez. Había trabajado tan duro por este momento, y sin embargo, no podía dejar de pensar en Travis.

Travis, que seguía sin dar señales de vida más allá de un mensaje de una línea. Y ahí estaba yo, con un acuerdo que cambiaría mi vida, tratando de no mostrar cuánto me había afectado su silencio.

—Creo que estas condiciones son las mejores que he conseguido jamás para una autora novel, Kathleen —dijo Claire—. Estamos hablando de un adelanto considerable de seis cifras, derechos internacionales... y, si todo va bien, podrías estar en la lista de los más vendidos antes de fin de año.

¿Qué podía decir?

Era todo lo que había soñado.

Pero, por alguna razón, la euforia que esperaba no llegaba del todo.

—Es increíble —murmuré.

Claire me observó en silencio por un momento, como si pudiera leerme la mente.

—Es solo que creo que Travis debería estar aquí para esto —dije, sin poder evitarlo.

Ella asintió lentamente, recostándose en su silla.

—Lo sé. Y créeme, también me ha sorprendido un poco el hecho de que deje la agencia, aunque lleva un tiempo diciendo que le apetecía tomar un nuevo rumbo. Pero... bueno, a partir de ahora, seré yo quien se ocupe. Travis decidió dar un paso al lado, y... ya lo verás, la agencia cambiará de nombre en las próximas semanas. Tengo muchas ganas de empezar esta nueva etapa.

—Ya. Pero estábamos trabajando en la novela. Si tenía pensado irse, ¿por qué no me dijo nada?

—Eso te lo contará él en persona. Creo que debe ser él quien lo haga. Pero me aseguró que hablará contigo hoy mismo. Llegaba de Chicago esta misma mañana.

Y como si lo invocara, la puerta del despacho de Claire se abrió tras unos breves golpecitos en la madera, y allí estaba él, Travis, con esa mirada intensa que siempre lograba desarmarme. Tuve que contenerme para no saltar de inmediato a sus brazos.

Iba vestido con su chaqueta de piel, esa que siempre parecía quedarle perfecta, y su expresión era relajada, aunque había algo en sus ojos que parecía buscar los míos con urgencia.

—Perdón por la interrupción, chicas —dijo, con una sonrisa que hizo que mis nervios se apaciguaran un poco—. Ya estoy aquí.

—¿Qué tal el viaje? —le preguntó Claire—. ¿Todo bien con Kirk?

Aunque ella también se hubiese llevado una sorpresa, se notaba que habían hablado largo y tendido antes de que yo llegase.

—Todo ha ido perfecto. ¿Me permites un momento con Kathleen?

Había un poco de urgencia en su voz. Claire asintió, sonriendo mientras recogía sus papeles.

—Por supuesto. Ya tenemos todo listo para que firmes cuando quieras, Kathleen. Y enhorabuena, honestamente... es un acuerdo fantástico. Creo que está a la altura de tu novela, que no nos ha podido encantar más.

La vi salir de la sala, dejándome a solas con Travis. El silencio que siguió fue palpable, pero él lo rompió enseguida.

—Vamos a dar un paseo, ¿te parece? —dijo, extendiéndome una mano.

Lo miré con curiosidad, pero me levanté sin dudar. Había algo en su actitud, en su forma de moverse, que me hacía sentir que algo importante estaba a punto de pasar.

Salimos de la agencia y empezamos a caminar, envueltos por el bullicio habitual de Manhattan. Ni siquiera pregunté a dónde íbamos; solo lo seguí. Además, supe exactamente hacia dónde se dirigía cuando reconocí el camino hacia el jardín zen en el que nos habíamos besado por primera vez.

—Estás resplandeciente, Kathleen —dijo, interrumpiendo el silencio.

Sonreí de lado.

—Gracias, tú también. Aunque me sorprendió no tener noticias tuyas durante estos días.

No quería que sonase a reproche, pero supongo que lo era.

Él suspiró, mirando al suelo mientras caminábamos.

—Lo sé. Y lo siento. Necesitaba un poco de tiempo. No solo por el trabajo, sino para resolver algunas cosas —me miró de reojo—. Quería estar seguro de que, cuando hablara contigo, no tendría dudas.

Llegamos al jardín, y el lugar seguía tan sereno como la otra vez. Me sentí transportada al día en que todo comenzó entre nosotros, a ese primer beso, a la chispa que lo cambió todo.

Nos sentamos en uno de los bancos de piedra, y Travis tomó aire antes de hablar.

—Hay algo que necesitas saber antes de que sigamos adelante —su tono era serio—. Supongo que Claire ya te lo ha avanzado, pero he decidido aceptar un puesto como director literario en una de las editoriales más grandes de Nueva York. Me lo ofrecieron hace tiempo y, hasta ahora, lo había descartado.

Parpadeé, procesando sus palabras.

—¿Así que... entonces es cierto? ¿Dejas la agencia?

—Sí —confirmó—. Es un paso que necesitaba dar. Y seré sincero contigo, Kathleen. Uno de los principales motivos por los que no quería representarte era porque... no puedo ser solo tu agente. No con lo que siento por ti. No quiero que nuestra relación profesional sea un obstáculo para lo que realmente deseo.

Mi corazón latía con fuerza mientras lo escuchaba. ¿Lo que realmente deseaba?

—Entonces, ¿qué significa eso? —pregunté, sin atreverme a sacar conclusiones precipitadas.

Él sonrió.

—Significa que quiero que seas la autora estrella de mi nueva editorial. Quiero que tu libro sea el primero que lancemos, y quiero hacer de él el éxito que merece ser. Quiero trabajar contigo como escritora, no ser un mero intermediario. Pero, más allá de eso, quiero que seas la mujer que esté a mi lado, y no solo como mi autora, sino como...todo. No puedo negar que trabajar contigo sería complicado para mí. Lo que sucedió con Felicity fue... oscuro. No sé si estás al día de lo que pasó con ella. Pero, contigo, siento que todo es diferente. He cerrado ese capítulo de mi vida, y estoy listo para seguir adelante. Pero solo contigo. No puedo ser tu agente, pero sí tu editor. Y el hombre que está a tu lado.

Sus palabras me desarmaron. No había esperado una declaración tan directa, y mucho menos en un lugar que, de alguna manera, ya tenía cierto significado para nosotros. Sentí un nudo en la garganta mientras lo miraba, tratando de encontrar las palabras adecuadas.

—Yo... Travis, esto es... —logré decir, casi balbuceando—. No me malinterpretes, me haces muy feliz, pero necesito un momento para asimilar todo esto. No esperaba que todo sucediera tan rápido.

Él asintió.

—No tienes que decidir nada hoy. Pero quería que lo supieras. No solo eres importante para mí como escritora. Eres importante como algo más. Eso es lo que quiero decir —se acercó un poco más, hasta que su mano rozó la mía—. Pero si no te sientes preparada, lo entenderé. Y esperaré.

Negué con la cabeza, sabiendo que no podía dejar pasar algo así.

—Estoy preparada. No sé a dónde me va a llevar todo esto, pero quiero descubrirlo contigo.

El beso que siguió a nuestra conversación a corazón abierto fue suave, pero estaba desbordado de promesas. Promesas de un futuro incierto pero irresistible, magnético, pintado de azul. Y allí, en ese oasis en mitad de los rascacielos, supe que no solo había firmado un contrato literario. Estaba empezando una nueva historia. Una que no solo escribiría en las páginas de un libro, sino en las de mi existencia.

EPÍLOGO

U*n año después...*
KATHLEEN

—¡Kathleen, un poco más a la izquierda! ¡Y esa sonrisa, que no se te escape!

El fotógrafo era todo energía y órdenes, agitando los brazos como si estuviera dirigiendo un avión en lugar de una sesión de fotos.

Intenté seguir sus instrucciones, pero la verdad es que estaba al borde de la carcajada. Miré a Travis, que estaba apoyado contra una pared cercana, con los brazos cruzados y una sonrisa que intentaba ocultar.

Claire estaba justo a su lado, revisando su teléfono, como siempre, pero con una mirada de satisfacción en los ojos. Mi vida había cambiado tanto en el último año que me parecía surrealista estar aquí, posando para un suplemento literario, como "la nueva promesa de la fantasía urbana".

—Travis, ¿puedes decirle que esto es ridículo? —protesté, girando hacia él.

—No es ridículo si tu libro ha vendido un millón de copias —respondió, divertido, sin mover ni un músculo. Su mirada cálida me recorría, y no podía evitar sentirme como si estuviera en la cima.

Supongo que era porque lo estaba.

—¡Exacto! —exclamó Claire sin despegar la vista de su pantalla—. Si quieres seguir siendo una autora bestseller, mejor que te acostumbres a que te hagan fotos en poses ridículas.

El fotógrafo pareció ofenderse por la palabra "ridículas", pero antes de que pudiera protestar, hice lo que me pidió: sonreí y me moví hacia la izquierda. En mi mente, aún estaba procesando todo lo que había sucedido desde que conocí a Travis, el hombre que se suponía que sería mi agente y terminó siendo mucho más.

—¿Puedo pedir un descanso? —pregunté, riendo un poco mientras el fotógrafo finalmente me dejaba respirar. Fui directa hacia Travis, que me recibió con una sonrisa.

—Claro, a ver si me ayudas con algo —dijo Travis, sacando su teléfono. Me mostró un artículo reciente sobre mi libro en un periódico importante, y mis ojos se agrandaron.

—¿Otro? —pregunté, sorprendida—. Esto se está saliendo de control.

—¿Acaso pensabas que no te harías famosa? —preguntó Claire, acercándose a nosotros con su típico tono sarcástico.

—No tan rápido, al menos —respondí, cruzando los brazos—. Quiero decir, sabía que el libro tenía potencial, pero no esperaba... esto.

—Bueno, yo sí —Travis intervino, levantando la ceja—. Desde el primer borrador que me enviaste, supe que era algo especial.

—Oh, por favor —dije, rodando los ojos—. Lo primero que me dijiste fue que necesitaba reescribirlo entero.

—Corrijo: te dije que necesitabas darle un giro a la trama para que los personajes brillaran más —replicó, con una sonrisa juguetona—. Y mira dónde estamos ahora.

Suspiré, pero lo cierto es que no podía evitar sonreír. Había sido un año lleno de emociones, cambios y sorpresas. La publicación de mi novela había sido solo el comienzo. Desde entonces, entrevistas, firmas de libros, y ahora esta sesión de fotos. Y con Travis siempre a mi lado, apoyándome en cada paso, aunque su rol profesional había cambiado.

—Debo decir que parece que estés bastante cómoda para alguien que odia las cámaras —dijo Claire, mirando la escena con un toque de ironía.

—Estoy fingiendo —respondí—. Me imagino que soy uno de mis personajes, una guerrera elfa luchando contra las hordas de fotógrafos.

Travis soltó una carcajada y me lanzó una mirada que decía "sé exactamente lo que estás haciendo".

—Si de verdad fueras uno de tus personajes, llevarías una espada —bromeó Travis.

—Bueno, tal vez me consiga una para la próxima sesión —contesté, encogiéndome de hombros.

El fotógrafo volvió a llamarme, esta vez con más calma, y volví al set, aunque mi cabeza seguía en todo lo que habíamos logrado.

Un año atrás, ni en mis sueños más salvajes hubiera imaginado estar en esta posición. Mi relación con Travis había pasado de lo profesional a lo personal más rápido de lo que me hubiera atrevido a admitir en un principio. Pero, ahora, todo encajaba. No solo había encontrado mi voz como escritora, sino que también había encontrado a alguien que creía en mí tanto como yo misma.

—¿Qué tal si después de esto celebramos con una cena? —sugirió Travis cuando volví hacia él una vez más, esta vez después de la última tanda de fotos.

—¿Cena? ¿Dónde? —pregunté, aunque ya sabía que él siempre encontraba los mejores lugares.

—En nuestro lugar especial —respondió, su voz con un tono más bajo, casi íntimo. Sabía a lo que se refería. El jardín zen donde todo comenzó, donde me besó por primera vez.

Mi corazón dio un vuelco al recordar aquel momento. No importaba cuántos éxitos vinieran después; aquel primer beso siempre tendría un lugar especial en mi memoria.

—Eso suena perfecto —respondí, sonriendo.

Claire resopló.

—Ah, el amor. Qué bonito. Una cena en un parque. Sin comentarios. Mientras os empalagáis, yo voy a asegurarme de que ese contrato para tu segundo libro esté listo para firmar. Tenemos que aprovechar el éxito, ¿recordáis?

—Siempre tan práctica, Claire —dije, riendo.

—Alguien tiene que serlo —respondió, levantando las manos en gesto de rendición—. Aunque, Travis, debo decir que nunca te había visto tan feliz desde... bueno, nunca.

—Será porque nunca había tenido una auténtica razón para estarlo —dijo Travis, lanzándome una mirada de complicidad que hizo que me derritiese por dentro.

Nos quedamos en silencio hasta que el fotógrafo nos dio la señal de que había terminado. Un millón de fotos después, la sesión había concluido, y no pude evitar un suspiro de alivio.

—Creo que podré dormir tranquila sabiendo que no tengo que posar para más fotos por un tiempo —bromeé mientras me dirigía a cambiarme.

—No por mucho tiempo —me advirtió Travis—. La gira de promoción para el próximo libro está a la vuelta de la esquina.

—No me recuerdes eso ahora —protesté, aunque en el fondo no podía esperar a ver qué más nos traería el futuro.

Con mi novela siendo un éxito y Travis a mi lado, todo parecía posible. Pero lo mejor de todo era que lo que habíamos construido juntos iba mucho más allá de las páginas de un libro.

Jefe, hechizo y Halloween

CAPÍTULO 1

HARPER

Había algo irónico en llevar tu carta de renuncia escondida entre un montón de carpetas, camino del despacho de tu jefe, junto con los asuntos del día. Como si fuesen un punto más de nuestra pequeña reunión de primera hora de la mañana.

Y allí estaba yo, con la carta emparedada entre archivos de proyectos inútiles y contratos mal redactados, preguntándome por qué demonios había necesitado tanto tiempo para tomar la decisión de dejar ese trabajo.

Lo estás haciendo, Harper; murmuré para mí misma mientras pulsaba el botón del ascensor. Y no, hablar sola no era síntoma de locura, era síntoma de haber trabajado más años de la cuenta en un lugar lleno de idiotas.

El ascensor tardó siglos en abrirse. Por supuesto, eso me concedió un poco de tiempo extra para seguir revolcándome en mi propia amargura.

Un día más en esa oficina era un día más en el infierno. Si no era Dennis robándome las ideas y presentándolas como suyas, era Amanda dejándome fuera de las reuniones importantes porque "no tenía suficiente experiencia". Claro, después de cinco años de esclavitud, aparentemente todavía no sabía lo suficiente sobre cómo escribir un maldito email.

Cuando las puertas del ascensor finalmente se abrieron, di un paso adelante. Un solo paso. Y ahí estaba él.

Adam Collymore.

Mi jefe.

El que llevaba una chaqueta demasiado cara como para justificar sus constantes quejas sobre el presupuesto; el mismo que podía hacer que cualquier reunión pareciera una clase magistral sobre "cómo ocultar emociones humanas".

No es que fuera completamente inhumano, no. Solo que había algo en él que mantenía a la gente a kilómetros. Y no olía mal, no os penséis. Todo lo contrario. Quizás era el hecho de que nunca, jamás, sonreía. O tal vez era ese aire de superioridad mezclado con un encanto sutil. Un combo mortal.

—Harper, vamos, entra un momento. Vamos a mi despacho.

Claro, como si tuviera opción de decir que no.

—Adam, pero si iba a verte —dije con una sonrisa que seguramente parecía más una mueca de dolor—. ¿Qué necesitas?

Lo seguí y observé cómo se acomodaba. Se dirigía a algún otro sitio antes de que yo llegase, pero al parecer cambió de idea en cuanto me vio. Una vez sentado, no levantó la vista de su escritorio, ni siquiera mientras yo me acercaba. Se limitó a mover la mano hacia una silla, indicándome que me sentara. ¿Silla? ¿En serio? Si me sentaba, sería mucho más difícil sacar la carta de renuncia y salir corriendo de ahí. Pero ahí estaba yo, cayendo en la trampa de la cortesía profesional. Así que me senté.

—¿Cómo van las cosas? —preguntó finalmente, levantando la vista solo un poco. Lo suficiente para que sus ojos grises se clavaran en los míos. A veces, me preguntaba si Adam tenía un radar de serie para detectar el nivel exacto de incomodidad en cualquier conversación. Eso, o disfrutaba haciéndome sentir como si estuviera constantemente bajo un microscopio.

—Ah, ya sabes... lo de siempre. Documentos, correos, salvarle la vida a Dennis en cada presentación... Lo típico.

Mi tono era dulce, pero estaba segura de que él sabía captar el sarcasmo. No habría sobrevivido en esa oficina cinco años si no hubiese aprendido a afilar bien mis palabras.

Adam no reaccionó de inmediato. Solo asintió, como si ya supiera lo que iba a decir antes de que mis labios se movieran. Entonces se inclinó hacia adelante, como si estuviera a punto de compartir un secreto.

—Tenemos que organizar una fiesta.

Levanté una ceja.

—¿Perdón?

—Una fiesta de Halloween, para todo el equipo.

Su tono era completamente serio, como si acabara de proponer la cosa más importante del mundo. La última vez que lo había visto emocionado fue cuando había cerrado el acuerdo más grande del año con un cliente de peso, y ni siquiera eso había hecho que su expresión cambiara mucho. ¿Y ahora quería montar una fiesta?

—¿Y quién ha decidido esto? ¿El conde Drácula? —pregunté, intentando bromear porque ya me daba todo igual.

Adam no se rió, obviamente. Pero su boca se movió unos milímetros, como si quisiera hacerlo. Vaya. Una casi-sonrisa. Eso sí que era material para documentar.

—El consejo de administración piensa que necesitamos más cohesión en el equipo. Algo que mejore un poco el ambiente en la oficina. Al parecer está un poco tenso. Y dado que eres la única persona aquí capaz de organizar algo que no termine en desastre, quiero que te encargues tú. Tienes una semana.

—¿Una semana? —repetí, intentando procesar toda la absurdez que acababa de oír. ¿Era un chiste de mal gusto o algo así? ¿La traca final?

—Tú puedes hacerlo, Harper. Además, quiero que sea memorable. Ya sabes, algo que la gente recuerde.

Por supuesto que él lo diría así, con ese tono firme, como si fuera tan fácil como preparar un café.

Mientras seguía hablando sobre la importancia de "cuidar el ambiente laboral" (irónicamente, algo que él había ignorado durante años), mi mente estaba a punto de explotar. Tenía una carta de renuncia justo ahí, escondida entre esos documentos que probablemente no había mirado en meses, y ahora estaba atrapada organizando una fiesta ridícula.

—Adam, yo no... —intenté prepararme el terreno.

—Sé que puedes hacerlo —sus ojos volvieron a fijarse en los míos, esta vez con un destello que podría haberse interpretado como... ¿confianza? No. Imposible. De todas formas, antes de que pudiera responder, ya estaba de pie, despidiéndome con la mano, como si la conversación ya estuviera resuelta—. Tengo una reunión en cinco minutos. Confío en que harás un buen trabajo.

Genial.

¿Cuántos puntos extras me daban por ser una buena marioneta?

¿Y por qué sentía, en ese momento, que mi despedida tendría que esperar un poco más?

Me levanté con un suspiro, sabiendo que no había escapatoria. Salí de su oficina con la mente ya dando vueltas en una espiral de frustración.

Estaba a punto de irme para siempre y él, sin saberlo, me ataba de nuevo. Solo me faltaba organizar una maldita fiesta de Halloween como broche de oro.

Perfecto.

¿Quería una fiesta?

Esto iba a ser divertido.

No, mejor dicho, esto iba a ser mi venganza.

Pero mientras caminaba de vuelta a mi mesa, empezando a tramar cómo podía usar esa fiesta para mi propio beneficio y despedirme de aquel tugurio por todo lo alto, no me di cuenta de que me faltaba algo. Eso sería más tarde, claro.

Lo importante en ese momento era que cuando planté mi culo en la silla ya tenía un plan.

Si Adam quería que esta fiesta fuera "memorable", entonces memorable sería. Solo que, esta vez, no sería en el sentido que él esperaba. Tenía una semana, sí, pero eso era una eternidad para alguien con tanta creatividad acumulada.

Oh, Dennis, Amanda, y todos los demás... ¿Habéis hecho de mis días un infierno en la oficina?

Pues vais a disfrutar de la fiesta, amigos.

CAPÍTULO 2

A**DAM**

Harper Keller me volvía loco. Tenía que echar mano de toda mi fuerza de voluntad y mis mejores dotes de actor para que ella no se diese cuenta de lo mucho que me gustaba.

No, gustar no era suficiente para describirlo.

Harper me fascinaba, me desquiciaba, y me hacía perder el control sin que ella ni siquiera lo sospechara. A veces me preguntaba cómo era posible que alguien tan brillante, tan competente, pudiera estar tan ciega respecto a lo que yo sentía por ella.

Mientras cerraba la puerta después de que abandonase mi despacho, me dejé caer en la silla y solté un largo suspiro. Le había pedido que organizara la fiesta de Halloween, más como una excusa para tenerla cerca que por la necesidad real de hacer algo por el "ambiente de la oficina". Claro, tenía sentido darle algo de cohesión al equipo, pero esa no era mi prioridad. Mi prioridad real era ella.

Siempre lo había sido, aunque lo hubiese enterrado tras capas de profesionalidad durante demasiado tiempo.

Yo era su jefe, por suerte o por desgracia.

Esa era la realidad.

Mi mirada vagó hacia el suelo y se detuvo en seco sobre un pedazo de papel.

Ahí estaba, doblado en una esquina, un sobre blanco y alargado. Al principio, pensé que era parte del material de trabajo que Harper me había entregado, pero algo en mí me dijo que no era eso. Me agaché, recogí el papel, y lo desdoblé. Mi nombre estaba escrito en él con una caligrafía pulcra y afilada que me resultaba muy familiar.

Era de Harper, claro.

Y al abrirlo, el desastre.

Era una carta de renuncia.

Mis manos se congelaron. Leí la primera línea. Y luego la segunda. Y antes de darme cuenta, había leído la carta completa, y cada palabra me había golpeado con fuerza.

No me lo podía creer.

Harper se iba.

Me incliné hacia atrás, dejando que la silla soportara mi peso. Sentí un nudo en el estómago que no tenía nada que ver con el estrés habitual de la oficina. Era más profundo. La idea de que Harper se fuera me asfixiaba.

Durante años, había jugado a ser el jefe perfecto: distante, sereno, inquebrantable. Pero la verdad era que todo era una farsa. Ella era la única persona que conseguía atravesar esa fachada sin ni siquiera proponérselo. Solo con entrar en mi oficina, todo mi control se tambaleaba. Y ahora, al parecer, estaba a punto de perderla sin haberle dado una razón para quedarse.

¿Cómo no lo vi venir?, pensé, frotándome las sienes. Tenía que haber señales, alguna pista de que estaba pensando en marcharse. Pero claro, siempre me mantenía demasiado ocupado reprimiendo mis sentimientos por ella como para fijarme en algo más.

Tendría que haber hecho algo mucho antes. Y ahora... bueno, no estaba dispuesto a dejar que se fuera sin más.

Harper Keller, tú no te vas de aquí tan fácilmente.

Tenía que hacer algo, rápido. Si ella se iba, toda esa fachada cuidadosamente construida se derrumbaría. Y lo peor era que ni siquiera se trataba del trabajo, ni de lo buena que era organizando las cosas; ni siquiera de lo esencial que se había vuelto para la empresa. Se trataba de que no podía imaginar mi vida en esta oficina sin ella.

¿Salvar la fiesta de Halloween? Eso ya no era solo para cumplir con el consejo de administración. Ahora, esa fiesta se convertía en mi única oportunidad, ya que ella había accedido a organizarla. Mi oportunidad para mantenerla cerca, para intentar que viera lo que yo había ocultado durante tanto tiempo.

Suspiré y me puse de pie.

Miré la carta de nuevo y la doblé cuidadosamente. No podía dejar que Harper supiese que la había encontrado. Si lo hacía, ella se marcharía... tal vez de inmediato. Guardé el sobre en el primer cajón de mi escritorio, bien lejos de donde pudiera encontrarla, y me levanté para planear mi próximo movimiento.

A la mañana siguiente, Harper entró en mi oficina sin saber nada de lo que había pasado por mi cabeza el día anterior. Se la veía tranquila, incluso algo confiada, como si todo estuviera bajo control. Pero yo sabía que no lo estaba.

—Adam, aquí tienes algunos presupuestos para la fiesta —dijo, mientras me lanzaba una mirada rápida.

Todo muy casual. Como si no hubiera dejado caer aquella bomba el día anterior. ¿Se habría dado cuenta de que la había perdido? ¿Cuándo tendría pensado entregármela?

—Gracias, Harper —respondí, intentando mantener mi tono neutral.

La observé mientras se movía con precisión, colocando papeles sobre mi escritorio como si fuera algo rutinario. Era increíble cómo podía hacer que hasta lo más simple pareciera importante. Quería decirle tantas cosas en ese momento. Quería decirle lo mucho que la necesitaba, no solo por su eficiencia, sino por todo lo que hacía para que este lugar fuera soportable. Pero no podía, no así.

En cambio, dije lo más neutral que se me ocurrió:

—Estás haciendo un buen trabajo. No solo con la fiesta, sino en general. Pero viendo estos números tan ajustados y estos proveedores...sabía que no me equivocaba cediéndotelo a ti.

Se detuvo un momento, mirándome con curiosidad.

—Bueno, es mi trabajo, ¿no? —dijo con un toque de sarcasmo en su voz. Esa forma tan suya de restarle importancia a todo lo que hacía. No tenía ni idea de cuánto la admiraba por eso.

—Lo es —admití, sonriendo internamente ante su respuesta. Sabía que ella no se daba cuenta de lo mucho que significaba para mí, y eso me hacía querer acercarme más a ella, romper esa barrera invisible que había entre nosotros—. Pero siempre haces algo más que "solo tu trabajo", Harper. Por eso confío en ti para esto.

Vi cómo sus ojos se suavizaban un poco ante mi cumplido. Y por un segundo, casi pensé que había algo más ahí. Algo que me hacía pensar que tal vez... tal vez yo no le era tan indiferente como ella pretendía.

—Gracias, Adam —respondió, un poco más suave, como si por fin hubiera captado la sinceridad en mis palabras. Pero rápidamente recuperó su compostura—. Ahora, si me disculpas, tengo que seguir trabajando en la decoración de la oficina. Si te parecen bien estos números, necesitaré tu firma para la orden de compra y hacer el pedido. Básicamente, es solo un DJ, bebidas y comida. Y la decoración de la terraza.

Y con eso, desapareció por la puerta, dejándome de nuevo solo.

Me quedé sentado en mi silla durante un buen rato, pensando en su reacción, en la pequeña chispa que había visto en sus ojos. Quizás no todo estaba perdido. A lo mejor aún había tiempo para hacer que se quedara. Tenía que ser más vehemente. Tal vez con un aumento de sueldo conseguiría retenerla...

Pero en el fondo ya no era suficiente que se quedase a trabajar allí. Quería dar un paso más con ella. Y en ese sentido si decidía irse ya no tendríamos una relación laboral... pero no. Era demasiado arriesgado.

La fiesta de Halloween.

Esa sería mi oportunidad para hacerle ver que yo no era solo su jefe distante. Sería el momento perfecto para romper esa barrera y mostrarle lo que realmente sentía. Y tenía que ser discreto.

Lo que estaba claro es que no podía dejar que Harper se fuera.

No sin luchar.

Y no me importaba lo que tuviese que hacer para lograr que se quedara.

CAPÍTULO 3

HARPER
¿Dónde está mi maldita carta?

Mi corazón se hundió cuando, al volver a mi escritorio y revisar las carpetas que había llevado arriba y abajo el día anterior, me di cuenta de que faltaba algo. No, no algo.

La carta.

La carta de renuncia que había escrito cuidadosamente, que debería estar entre esas carpetas, aguardando pacientemente el momento de caer en manos de Adam, cuando yo estuviera lista para lanzarla como una bomba.

Y ahora... se había esfumado.

Abrí una carpeta, luego otra. Revolví los papeles como si mi vida dependiera de ello. Intenté no parecer una loca, pero estaba a un paso de entrar en combustión espontánea.

—Harper, ¿todo bien? —la voz aguda de Amanda saltó desde su escritorio, a unos metros de mí.

La miré de reojo y le sonreí como si no acabara de tener un mini-infarto.

—Sí, sí. Todo perfecto —respondí, con un tono tan dulce que me daban ganas de vomitar.

Después de todo, ella estaba en mi lista negra y sería una de las estrellas de mi gran espectáculo de Halloween. Había pasado meses dejándome fuera de reuniones importantes, robándome pequeños éxitos aquí y allá, y siempre, siempre con esa sonrisa de superioridad aplastada en la cara.

Cuando se giró de nuevo hacia su ordenador, volví a lo mío, intentando mantener la calma. *Vale, Harper, respira, piénsalo bien.* Un sobre no desaparece por arte de magia. *Pero si no está aquí, solo significa una cosa. Alguien la tiene.*

Oh, no.

Me levanté y fui a dar una vuelta por el edificio.

Y entonces mis ojos volaron hacia la puerta de la oficina de Adam.

No, no, no.

¿Qué pasaría si él la había encontrado? ¿La habría leído? ¿La habría usado como servilleta para su café?

El simple hecho de imaginarme a mi jefe, sentado en su escritorio, leyendo mi renuncia como si fuera el informe del mes me hizo entrar en modo pánico total.

Volví a mi mesa.

Cálmate, Harper, me repetí mientras intentaba parecer ocupada planificando la fiesta. Pero claro, la paranoia no ayudaba mucho a concentrarme. Lo único que pasaba por mi cabeza era esa estúpida carta y lo que Adam podría estar pensando.

Hablando de Adam, de repente la puerta de nuestra sala se abrió y allí estaba él, con su aire de perfección impecable y su expresión típicamente neutra. Pero había algo raro en el ambiente.

Se acercó a mi escritorio.

Oh, no, esto no puede ser bueno.

—Harper —me dijo con una voz que casi parecía... amigable. ¿Amigable? No, debía estar soñando—. Necesito hablar contigo sobre unos detalles de la fiesta. ¿Tienes un minuto?

¿Un minuto? ¡Tengo todo el tiempo del mundo si eso significa descubrir si has encontrado mi maldita carta! Pero claro, lo que dije fue:

—Por supuesto, Adam. ¿Qué necesitas?

Me llevó a su oficina y, bueno, confirmado: había algo extraño en él. Se movía con cierta torpeza, como si no supiera muy bien qué hacer con sus manos, o peor, con sus palabras. ¿Estaba nervioso? Adam nunca está nervioso. Me senté en la misma silla de siempre y lo observé, tratando de descifrar su comportamiento.

—Estaba pensando en la fiesta... —comenzó, evitando el contacto visual, lo cual era aún más raro—. Creo que deberíamos asegurarnos de que todos se sientan... cómodos. Ya sabes, algo más... relajado.

—¿Relajado? —pregunté.

¿Adam estaba proponiendo que la oficina se relajara? ¿El mismo tipo que parecía tener un palo metido en... bueno, ya sabes?

—Sí, creo que deberíamos hacer más actividades en equipo. Que haya una conexión más humana entre todos —agregó, y se notaba que estaba luchando por encontrar las palabras.

Lo miré atentamente, y por un segundo, recordé aquella época (muy fugaz) en la que me había obsesionado con él.

Hacía cinco años, cuando acababa de unirme a la empresa, Adam me había parecido increíblemente atractivo. Con su actitud misteriosa, ese aire de jefe inalcanzable, y el hecho de que siempre vestía trajes que parecían hechos a medida para él... Estaba obsesionada.

Pasé dos semanas investigando si tenía novia. Hasta revisé sus redes sociales para ver si alguna mujer comentaba en sus fotos. Al final, decidí que no podía perder el tiempo fantaseando con mi jefe. Pero ahora, esa sensación que había enterrado empezaba a resurgir.

Aunque no, no podía ser.

Estaba a punto de irme.

No tenía tiempo para esas tonterías.

—Harper, ¿me escuchas? —la voz de Adam me sacó de mi ensoñación.

—Sí, claro. Más actividades de equipo. Algo relajado —dije, repitiendo sus palabras sin ni siquiera pensar en lo que significaban realmente.

—Algún juego, en la fiesta. Algo así.

Me mordí la lengua para no decirle que nadie quiere *jugar* en las fiestas de empresa. Al menos no el tipo de juegos que él tenía en mente. Según mi experiencia lo que todo el mundo quiere es beberse hasta el agua de los floreros o, directamente, no ir.

—Tomo nota. Pensaré. ¿Algo más?

—Sí... Y, bueno, también quería agradecerte por todo lo que haces aquí. Sé que a veces no lo digo lo suficiente.

¿Qué? ¿Otra vez? ¿Adam Collymore agradeciendo? ¿Otra vez? Esto no podía estar pasando. Tal vez sí había leído la carta después de todo y ahora intentaba retenerme con cumplidos vagos. Lo observé con recelo. Si estaba tratando de convencerme de que me quedara, tendría que hacer algo más que soltar un "gracias".

—Bueno, es mi trabajo —dije, encogiéndome de hombros. Y *juraría que esta conversación ya la habíamos tenido*, estuve a punto de añadir.

—Lo sé. Pero eres increíble en lo que haces —respondió, mirándome directamente a los ojos por primera vez desde que me senté—. Solo quiero que lo sepas.

¿Esto era real? Podía sentir cómo el calor me subía hasta las mejillas. Afortunadamente, me recompuse rápido.

—Gracias, Adam. Lo tendré en cuenta —respondí, intentando sonar casual, aunque mi corazón estaba latiendo más rápido de lo normal.

Salí de su oficina y volví a mi escritorio, más confundida que antes. ¿Por qué de repente Adam estaba siendo tan amable conmigo? Esto tenía que ser un truco. O tal vez había leído la carta y ahora estaba en modo pánico porque temía perder a su esclava estrella. A la única tonta que le hacía algo de caso. Me reí sola al pensar en eso.

Pero no podía distraerme. Tenía una fiesta que planificar, y aunque fuera mi "gran salida", también sería mi pequeña venganza. Amanda, Dennis y todos los demás que me habían hecho la vida imposible estarían en el centro de mi gran espectáculo. Iba a ser épico. Ya lo tenía más o menos maquinado.

Mientras tanto, en los últimos días Adam había estado acercándose a mí con excusas cada vez más peregrinas. "¿Qué te parece este proveedor?" o "¿Ya has pensado en las bebidas?" Cualquier motivo era suficiente para venir a verme. Y lo peor es que yo no sabía si estaba intentando ser simpático o si solo estaba manteniéndome ocupada.

Lo que sí sabía era que, aunque intentaba ignorarlo, una pequeña parte de mí empezaba a disfrutar de su atención.

No, Harper. No te distraigas. Tienes una misión: hacer que esta fiesta sea inolvidable, despedirte a lo grande, y salir de aquí cagando leches.

Pero con cada paso que Adam daba hacia mí, y cada sonrisa que me lanzaba, me preguntaba si sería capaz de cumplir mi plan sin perder la cabeza en el proceso.

CAPÍTULO 4

HARPER

La noche había llegado. Mi gran noche.

Cuando entré en la oficina, convertida en un salón oscuro, lleno de luces parpadeantes y detalles góticos, sentí una punzada de orgullo. Lo había conseguido. Después de una semana de trabajo frenético, la fiesta de Halloween que había planeado estaba lista para impresionar a todos... y vengarme de unos cuantos.

Me había asegurado de que todo fuera perfecto: las decoraciones, la música, la comida. Cada pequeño detalle tenía mi toque personal, una especie de despedida no oficial. Una despedida de la que nadie tenía ni la más mínima idea. Bueno, nadie excepto quien hubiese encontrado la dichosa carta, que parecía haber sido enviada a una realidad paralela.

Pero ese no era el día para pensar en cartas de renuncia. Era el día para que Harper Keller se despidiera con estilo.

Miré a mi alrededor, observando las primeras reacciones de mis compañeros. Amanda, con su disfraz predecible de "gata sexy", ya estaba haciéndose fotos junto a una de las calabazas decoradas. Dennis y algunos otros del departamento creativo estaban comentando algo sobre las luces tenues y lo "guay" que se veía todo. *Guay,* claro. *Ni siquiera imaginan lo que está por venir.*

Mi disfraz era una mezcla entre reina oscura y bruja elegante, y ya estaba causando sensación. Sentí todas las miradas sobre mí nada más entrar en la sala, pero la única que me importaba realmente era la de Adam.

Los últimos días en la oficina habían sido un auténtico tormento. Él no me quitaba ojo de encima y yo, lejos de sentirme observada, me sentía cada vez más adicta a aquella mirada. También estaba casi segura de que la carta se me había caído en su despacho y él la había encontrado. Y de ahí ese repentino derroche de atención.

Me volví discretamente, buscándolo en aquel mar de disfraces, y cuando lo vi, me quedé congelada por un segundo.

Guau.

Elaborado.

Adam había elegido un disfraz de un famoso asesino en serie (un psicópata, qué apropiado), y, aunque su cara estaba cubierta con una máscara de hockey, podía sentir sus ojos clavados en mí desde el otro lado de la sala.

Hice lo posible por ignorar el escalofrío que me recorrió la espalda.

Concéntrate, Harper. No es el momento de distraerte.

Pero claro, ¿cuándo había sido fácil ignorar a Adam? Recordé los días en los que fantaseaba con él, años atrás. Esos dos breves pero intensos meses en los que investigué hasta su última red social, tratando de averiguar si tenía novia, o si algún indicio me permitía soñar. Al final, su rigurosa distancia profesional me obligó a apartar esos pensamientos. Pero esta noche... esta noche algo en él parecía diferente. Me estaba mirando de una manera que no había visto antes. Ni siquiera en los días previos a la fiesta.

Esta noche puede pasar cualquier cosa.

Sacudí la cabeza, apartando esos pensamientos.

Concéntrate, Harper. Tienes un plan que cumplir.

Mientras los invitados seguían llegando, caminé por la sala asegurándome de que todo fluyera. De vez en cuando, me detenía junto a alguno de mis compañeros tóxicos, como Dennis, y les ofrecía una sonrisa dulce que ocultaba mi verdadero objetivo. Lo de Dennis sería una pequeña sorpresa que había preparado con uno de los técnicos. Llevaba semanas presumiendo de un proyecto que había robado a otro compañero. Solo necesitaba una oportunidad para ponerlo en evidencia.

—Harper, esta fiesta está genial. De verdad, has hecho un trabajo increíble —dijo Amanda, apareciendo a mi lado. Sabía que sus palabras eran vacías. No había mostrado ni una pizca de interés en la planificación, solo estaba aquí para ser vista. Para figurar y medrar, como siempre.

—Gracias. Me alegra que te guste —respondí, con la sonrisa más falsa que podía ofrecer.

En mi cabeza, me reí de la cosita que le había preparado. Amanda tenía la costumbre de saltarse ciertas reglas en las reuniones para dejar fuera a cualquiera que pudiera hacerle sombra. Y esta noche, su pequeña maniobra se volvería contra ella.

Me alejé antes de que pudiera hacerme alguna pregunta estúpida sobre el evento y comencé a pasear por la sala, observando cómo la gente empezaba a soltarse. Las luces parpadeantes, las bebidas que fluían y la música que vibraba en el aire creaban la atmósfera perfecta para lo que había planeado.

Pero pasado un rato, una sensación de incomodidad comenzó a invadirme. ¿Estaba realmente disfrutando de esto?

Dennis estaba en la otra esquina de la sala, riéndose a carcajadas con su grupo habitual de seguidores. Todo estaba listo para su "accidente" de esta noche. Un pequeño mal funcionamiento técnico iba a proyectar en la gran pantalla un correo en el que se jactaba de haberse llevado el mérito de un proyecto que no había hecho. Un desliz a tiempo en la presentación de diapositivas y... boom. Su secreto a la luz.

En cuanto a Amanda... bueno, una pequeña sorpresa en su ordenador haría que su sesión de chat grupal se proyectara para todos. Había estado criticando a varios compañeros durante semanas, y lo había hecho todo desde su escritorio. Había logrado conseguir acceso al archivo y solo esperaba el momento oportuno para lanzarlo.

Pero justo cuando estaba a punto de activar el primer paso de mi plan maestro, algo en mí cambió. Mientras los observaba, riéndose, bebiendo y comportándose como siempre, un pensamiento cruzó mi mente: ¿esto me va a hacer sentir mejor?

Sentí la fuerte tentación de marcharme en el punto álgido de la fiesta, dirigirme hacia la puerta y no mirar atrás. Y no volver a pisar aquella oficina, claro.

—¡Ey, Harper! —la voz profunda de Adam me sacó de mi ensimismamiento.

Estaba justo a mi lado, con su máscara en la mano y una sonrisa que no esperaba. ¿Cuánto tiempo llevaba ahí? ¿Había notado algo raro?

—Adam.

—Aún no te había saludado. Todo está espectacular. Parece que todos se están divirtiendo. Te has superado, Harper. No es fácil que esta oficina luzca de repente así de...viva. Está increíble.

—Gracias —murmuré como una tonta, con ese nerviosismo incómodo que sentía cuando Adam estaba cerca. Lo que no esperaba era lo que dijo a continuación:

—Y tú estás increíble también —su tono había bajado un poco, y por un segundo, creí ver algo en sus ojos. Algo que me hacía recordar aquellos dos meses en los que creía que quizá él podría haberse fijado en mí también.

Me sonrojé, pero disimulé rápidamente.

—Es Halloween, Adam. Hay que darlo todo.

—Pues vaya si lo has hecho —repitió él, con una pequeña sonrisa torcida que me hizo morderme el labio sin querer. Maldita sea.

Hubo un silencio entre nosotros que casi parecía incómodo, pero no era exactamente incómodo. Era... diferente. Y en medio de esa sensación, mis ojos se desviaron hacia Amanda y Dennis, que seguían disfrutando de la fiesta, ajenos a mi maquiavélico plan.

¿De verdad iba a hacerlo?

Mis dedos casi apretaron el botón de la tablet que sostenía, donde tenía el control de las presentaciones y los archivos que iba a proyectar.

Solo un clic, y todo su mundo cambiaría. El karma al alcance de mi mano.

Pero algo me detenía. Mientras Adam seguía a mi lado, sin apartar la mirada de mí, empecé a preguntarme de nuevo si eso me haría sentir mejor. ¿Quería irme así? Como una villana de película de Halloween, sembrando el caos a mis espaldas.

—Harper, ¿todo bien? —preguntó Adam, inclinándose un poco hacia mí, con su voz suave. Sus ojos buscaban los míos, como si intentara leer mis pensamientos.

—Sí... sí, todo bien —mentí, pero por dentro, las dudas seguían creciendo.

Quizá la venganza no era la salida que necesitaba después de todo.

¿Será que estoy perdiendo la cabeza?

—¿Crees que...? —Adam seguía a mi lado, y ahora se acercaba un poco más a mi oído para susurrar junto a él. Pero la música no estaba tan alta.

Lo miré.

La menor distancia a la que se habían encontrado nuestros ojos.

Y supe que lo sabía.

Sabía que me largaba.

—Qué.

—¿Crees que podemos hablar un momento a solas? ¿En mi despacho?

—¿Ahora?

Él asintió.

—Yo creo que la fiesta ya está bien encarrilada.

—No sé si es un buen momento para...

—Quiero proponerte algo, Harper.

CAPÍTULO 5

A**DAM**
Sentía que se me escapaba entre los dedos y que si no actuaba ya, esa sería la última noche que nos veríamos. Me urgía dar un paso al frente y dejarle claro a Harper lo mucho que me gustaba. Temía que, si se marchaba, tal vez no fuese solo un cambio de trabajo. A lo mejor estaba pensando en abandonar la ciudad, y eso me partiría en dos.

Observé de reojo como caminaba junto a mí por el pasillo.

Esa noche podía pasar cualquier cosa.

Me sentía capaz de todo.

Llegamos a mi despacho y cerré la puerta. Pensé, por un momento, en la carta de renuncia guardada en uno de los cajones de mi escritorio. La miré para detectar en ella cualquier rastro de incomodidad. No lo vi. Sus hombros se relajaron y su cabeza se ladeó ligeramente. Estábamos solos, de noche en mi despacho, disfrazados. Todo era lo suficientemente absurdo como para...

—¿Sabes que me voy, verdad? —me preguntó de sopetón.

—Sí. Tengo tu carta.

Pareció contrariada por un momento...

—Siento no habértela dado en mano, Adam.

—Eso ya da igual. Lo que me importa ahora es averiguar qué puedo hacer...para que te quedes.

Harper respiró hondo. Llevaba una varita mágica entre los dedos. Caminó hacia mi mesa y se sentó en el borde, dejándola junto al teclado de mi Mac.

—No mucho, me temo. Necesito un cambio de aires.

—¿Te quedas en Nueva York?

No respondió. Clavó sus ojos en mí, y supe que en aquel momento la línea roja entre jefe y empleada estaba más que difuminada.

—Harper...No quiero perderte de vista.

Parpadeó, como si estuviese haciendo un esfuerzo por interpretar mis ambiguas palabras. Pero yo lo último que quería era que tuviese dudas.

Me inmolé allí mismo:

—Estoy enamorado de ti. Desde hace bastante tiempo. Y yo...me siento como un idiota por no haber sabido lidiar con eso. Por haber reaccionado solo a raíz de leer esa carta.

Era evidente que su respiración se había acelerado un poco. ¿Era posible que ella...correspondiese al menos un diez por ciento de mis sentimientos? Sonreí. Los porcentajes formaban parte de mi lenguaje habitual.

Di un paso hacia ella y Harper bajó la mirada hacia mis zapatos. Por un momento, pensé que me rechazaría, que levantaría la mano y la interpondría entre nuestros cuerpos, pero no lo hizo.

No podía resistirme más.

Tenía que probar sus labios.

Necesitaba saber si ella me correspondía.

Y en cuanto irguió su cuello y su boca se entreabrió, la rodeé con mis brazos y la estreché contra mi torso. Todo aquel maquillaje en una situación como esa... en fin, tal vez era ridículo; pero sentía la necesidad física de no dejarla escapar. Percibí cómo una mínima resistencia por su parte, más de duda que de rechazo, se deshacía entre mis bíceps.

Y después noté como su cuerpo suave y voluminoso se apretaba contra el mío, volviéndome loco de la mejor manera posible. ¿Cómo iba a parar aquello? ¿Cómo iba a impedir que acabásemos haciéndolo sobre mi mesa? Era imposible. Ni un repentino ataque nuclear, ni una invasión extraterrestre podrían apartar mis manos del cuerpo de Harper Keller, que se desplegaba ante mí, bajo mis manos, como una flor en primavera.

Era deliciosa.

Presioné mis labios contra los suyos y Harper los entreabrió, permitiéndome profundizar en mi beso. Sabía un poco a vino y a tarta de limón.

—Llevo tanto tiempo soñando con esto...

—Adam, ¿por qué no...? ¿por qué no me lo dijiste antes? Las cosas habrían sido tan diferentes.

No quería escuchar ni una sola palabra de despedida.

—No lo sé. No tengo una respuesta para eso...Pero lo que importa es que ahora estamos aquí.

La besé de nuevo y recorrí sus labios con mis dedos, después deslicé la mano en dirección a su cadera para acercarla aun más a mi cuerpo. Ansiaba el máximo contacto y ella lo captó enseguida. Separó las rodillas y dejó que mi considerable bulto se acomodase entre sus piernas.

—Eres preciosa...— murmuré.

Recorrí su cuello con mis labios hasta toparme con la tela de su vestido, recreándome en los discretos suspiros que Harper dejaba escapar, y comprobando, embelesado, como se convertían en pequeños jadeos.

Continué bajando hacia su escote, concentrándome en sus voluminosos pechos, que rebosaban aquel encorsetado disfraz; mientras ya buscaba con mi mano derecha la dichosa cremallera de aquel vestido.

—Dime que quieres lo mismo que yo —dije, junto a su oído.

—Por favor —dijo, seguido de un jadeo, esta vez más contundente; y eso fue todo lo que necesitaba oír.

Se separó un momento de la mesa y le quité el vestido, dejando que éste cayera hasta sus pies. Se quedó solo con el sujetador y unas braguitas negras de encaje. Sus sensuales curvas estaban completamente a la vista y yo no podía ni decidir por dónde iba a empezar.

—Eres tan increíble, tan preciosa —gruñí entre dientes—. Dios, Harper, cómo me pones...

Puse la mano sobre su pecho y lo presioné un poco para que el pezón sobresaliera. Llevaba un sujetador sin tirantes y la facilidad con la que sus tetas se desbordaban me tenía al límite.

Me incliné un poco para mordisquearlo suavemente y su reacción fue enterrar la mano en mi nuca para acercarme aún más a su cuerpo. Hurgué en su espalda al instante, buscando el cierre de aquel endiablado sujetador. Quería acceso total a aquellos pechos abundantes con los que llevaba tiempo soñando. Ni siquiera me atrevía a mirar su busto cuando pasaba por la oficina.

Mordí de nuevo, esta vez más suave, buscando su urgencia. Después me desvié en busca del otro pezón. Ella gimió y su cuerpo empezó a responder con más contundencia. Sus caderas se pegaron aún más a las mías, buscándome con ansia. Dios mío, si yo hubiese sospechado antes que ella...

Pero no era tiempo de pensar en el tiempo perdido. Tampoco en el hecho de que cualquiera que pasase por allí y oyera un ruido podría abrir la puerta y sorprendernos, aunque la fiesta estaba justo en el otro extremo de aquella planta.

—¿Te gusta?

—Adam —susurró mi nombre, mirándome con un hambre crudo y vulnerable al mismo tiempo.

Me arrodillé ante sus pies, mientras besaba su estómago. Supongo que temblaba porque sabía exactamente a dónde me dirigía.

Deslicé sus bragas e hice que pusiera una pierna encima de mi hombro.

Con el primer toque de mi lengua se estremeció. Empecé a lamer con fruición, focalizándome en aquel clítoris que pedía atención a gritos. Ella seguía emitiendo aquellos ruidos tremendamente sexys, a medio camino entre un suspiro y un gemido que me indicaba que necesitaba correrse cuanto antes. Me concentré en su clítoris, lamiendo y succionando, y cuando notaba que estaba a punto desviaba la lengua y recorría los alrededores, volviéndola loca de placer y notando cómo sus músculos se tensaban.

—¿Quieres correrte, Harper? Dímelo.

Me detuve un instante.

—Por favor, Adam. Por favor, haz que me corra.

Volví a trabajar su clítoris con mi lengua al tiempo que le metía un dedo. Estaba tan húmeda que casi chorreaba, así que introduje un segundo.

Lo noté un poco más prieto. Curvé un poco mis dedos y gimió un poco más fuerte. Ese era el punto exacto que yo buscaba. Empecé a estimularlo mientras no dejaba de lamer, primero despacio, luego más rápido, y su orgasmo no tardó ni un minuto en llenarme la boca. Me lo bebí, sediento de su placer.

Bajé su pierna, asegurándome de que no perdía el equilibrio, y me puse en pie de nuevo, buscando su boca. Quería que probase sus propios jugos de mi lengua, que comprobase cómo los saboreaba, cómo me gustaban...

Necesito más, pensé. *Si realmente esta fuese la última vez que voy a ver a Harper, haré que no se olvidé de mí durante el resto de sus días.*

La levanté y la coloqué de nuevo sobre mi mesa. Mi polla estaba deseosa de entrar en acción, pero primero me quité aquel ridículo disfraz de psicópata a toda velocidad.

Cuando me puse en pie, era MUY evidente lo excitado que estaba.

—Guau —dijo ella, contemplando mi miembro, duro y brillante, rezumante de líquido preseminal.

—¿Bien?

—Obvio —me miró a los ojos—. Pero, deberías saber...

—¿Qué pasa, preciosa?

—No es que sea virgen pero yo....no tengo mucha experiencia —apartó sus ojos un momento y se puso colorada.

Después de lo que habíamos hecho...

Busqué su barbilla con el dedo y reconduje su mirada hasta cruzarse de nuevo con la mía.

—Lo único que eso significa es que tienes que decirme si hago algo que no te haga sentir bien, ¿de acuerdo?

Sonrió de nuevo.

—Eso no ha pasado por ahora. Más bien al contrario.

—Perfecto. Es todo lo que quiero oír. Eso y tus gemidos...

Me moría de ganas de estar dentro de ella, pero quería asegurarme de que estaba cien por cien preparada. El tamaño de mi polla es considerable y no era la primera vez que una chica sentía reparos al verla. Pero tenía cierta experiencia en hacerlo despacio...al principio.

—Harper, eres la chica más guapa que he visto.

Pude ver en sus ojos que no me creía a pesar de que era cierto. ¿Acaso existía algún hombre sobre la Tierra que hubiese puesto eso en duda? Lo mataría con mis propias manos.

—No sé si creerlo. Estoy segura de que has conocido a un montón de chicas...

—Ninguna de ellas era tú. Rodéame con tus piernas— le dije.

Estaba perfectamente posicionado para empezar a follarla como debía ser, como estaba escrito desde que Harper Keller puso un pie en aquel maldito edificio.

—Oh, Harper, dios mío...

Ella se retorció un poco. Había apoyado los codos en mi mesa, como si no quisiera perderse como aquella bestia entraba en ella con toda la facilidad del mundo.

—Por favor, muévete, Adam. Te necesito ya...

Salí un poco y entré de nuevo, más profundo, recreándome en su humedad y en lo estrecha que se sentía su carne a mi alrededor. Era perfecta.

—Más.

Marqué un ritmo fijo, sin perder de vista su cara cada vez que me hundía en su coño. Verla a mi merced, debajo de mí, en la mesa en la que tantas veces nos habíamos reunido con toda la distancia profesional de la que éramos capaces; estuvo a punto de volverme loco.

Harper empezó a gemir. Deslicé el dedo pulgar entre nuestros cuerpos y empecé a estimular su clítoris de nuevo.

—Quiero que te corras otra vez, Harper.

Ella asintió y yo continué perforándola, aumentando un poco el ritmo hasta que noté que sus músculos se tensaban. Cerró los ojos y arqueó la espalda, como si intentara acercarse aún más a mí.

Se corrió en silencio, haciendo un soberano esfuerzo por no gritar.

Y yo no podía resistirme a aquello de ninguna de las maneras, a lo preciosa que se veía mientras lidiaba con aquel orgasmo, mientras trataba de dominarlo en silencio. Y casi antes de darme cuenta de lo que estaba sucediendo entre nosotros, me dejé ir en su interior, me vacié dentro de Harper, sintiendo que por aquel sumidero se escapaba también buena parte de mi corazón.

Se incorporó y buscó el refugio en mis brazos. Temblaba un poco.

—¿Estás bien?

—Mejor que bien —dijo, sonriendo.

Y yo estaba igual o mejor, pero esa parecía una conversación para otro momento.

CAPÍTULO 6

HARPER

Salí de su despacho, yo primera, con el corazón todavía acelerado, la respiración agitada y la adrenalina corriendo una maratón por mis venas. El encuentro con Adam me había dejado en un estado de éxtasis celestial. Aquella inesperada revelación de sentimientos y lo que habíamos hecho en su despacho era infinitamente más de lo que jamás hubiera imaginado.

¿Qué demonios había pasado allí dentro? ¿Por qué no pudimos controlarnos? ¿En qué momento él y yo habíamos llegado... a ese punto de ebullición? Mi cabeza era un caos de imágenes: sus manos, su voz ronca al decir mi nombre, la forma en que me había mirado antes de besarme...

Intenté respirar profundamente, alisar mi disfraz y, con un movimiento rápido, me pasé los dedos por el pelo, tratando de arreglarlo. No había espejos cerca, pero por la forma en que algunas personas me miraban al pasar, seguramente estaba tan descolocada como me sentía.

Que no se note. Que no se note nada.

Avancé por el pasillo que conducía de vuelta a la fiesta y, con cada paso mi mente iba recordando mi otro plan.

La venganza.

Aún estaba a tiempo de pararlo todo.

Había sido un arrebato de rabia, un deseo de exponer a quienes me habían menospreciado, pero después de lo que acababa de pasar con Adam, esa necesidad me parecía mucho más lejana. Irrelevante, de hecho.

Quizá podía perdonarlos y marcharme en paz. Después de todo, ahora había algo entre Adam y yo, algo que merecía la pena explorar.

Pero cuando llegué a la entrada del salón principal, el desastre me golpeó de lleno.

La música había subido de volumen de forma dramática, y el ambiente que antes era simplemente animado ahora se había transformado en algo que a duras penas podría controlar. Un completo desmadre.

—¡Oh, Dios mío! —susurré al ver lo que ocurría.

En el centro del salón, dos *strippers* masculinos, que obviamente habían llegado a tiempo, estaban haciendo un espectáculo tan atrevido que ni en mis peores planes de venganza habría considerado algo tan... salvaje.

Vestidos solo con pequeños disfraces de bomberos, sus movimientos eran rápidos, sus cuerpos brillaban bajo las luces, y la gente alrededor estaba completamente fascinada, sin saber si reír, aplaudir o correr en la dirección contraria.

—¿Esto estaba en el guión? —escuché a Amanda decir, riendo nerviosamente con uno de sus amigos.

Yo sabía que aquello no había sido planeado exactamente así. Había contratado a los *strippers* como parte de una broma absurda, pero la idea era que fuera algo cómico, no una escena sacada de una despedida de soltera desenfrenada. Intenté avanzar un poco más hacia el centro de la sala, buscando una manera de parar aquel espectáculo, pero entonces mis ojos captaron algo peor.

Las pantallas.

Oh, no...

Los correos electrónicos. Esos correos que pretendían dejar al descubierto a Amanda y Dennis y algunos otros, estaban siendo proyectados en las paredes blancas de la sala, uno tras otro. Cada mensaje era más escandaloso que el anterior, lleno de críticas venenosas, comentarios despectivos y cosas que bajo ningún concepto debían ser leídas en voz alta.

La gente se estaba arremolinando frente a aquellas proyecciones, leyendo en silencio, boquiabiertos. Algunos reían nerviosamente, otros se miraban con incomodidad, y los más conscientes ya estaban comenzando a murmurar entre ellos. El pánico comenzaba a extenderse. Amanda y Dennis estaban en el centro de aquel torbellino de susurros, leyendo con la misma incredulidad que los demás, completamente pálidos.

—¡Dios! ¿Qué es esto? —escuché a alguien gritar.

Me quedé helada. Era una debacle. Mi intento de venganza, que había empezado como una pequeña broma para desenmascarar a algunos, se había convertido en una especie de bacanal, no solo con cuerpos desnudándose, sino también con secretos desenterrados ante todos. La sala entera era un caos y yo era la responsable.

Miré desesperada a mi alrededor, buscando una salida, y fue entonces cuando vi a Adam entrar al salón.

—Harper, ¿qué demonios está pasando? —preguntó, con su tono tajante habitual, mientras miraba a su alrededor horrorizado.

Me quedé completamente paralizada. Adam lo había visto todo. Y aunque él no sabía nada del plan que había orquestado en mi cabeza, sabía que yo era la organizadora de la fiesta. Seguramente ya sospechaba que, de alguna manera, esto era culpa mía.

—Yo... no... —empecé a decir, pero las palabras se ahogaron en mi garganta. Me sentía sofocada por la vergüenza.

—¿Strippers? ¿En serio? ¿Y qué son esos emails? —Adam miraba a su alrededor como si intentara encontrar alguna explicación lógica. Pero no había ninguna. El ventilador de la mierda se había puesto en marcha, y yo no podía hacer nada para arreglarlo.

Sin poder soportar más aquella ridícula situación, hice lo único que se me ocurrió: huir.

—Lo siento, no... no puedo... —murmuré, y antes de que Adam pudiera detenerme, giré sobre mis talones y corrí hacia la salida, empujando a la gente mientras intentaba salir lo más rápido posible.

Mi corazón latía tan rápido que casi me dolía. La vergüenza, el miedo y la adrenalina se mezclaban en mi pecho, y solo podía pensar en una cosa:

SALIR
DE
ALLÍ

CAPÍTULO 7

HARPER
¿Cómo era la frase de "para lo que me queda en el convento..."?

En fin.

Lo único en lo que podía pensar era que menos mal que la fiesta había sido en viernes, porque eso me daba dos días para pensar... o más bien para regodearme a fondo en mi propia miseria.

Dos días completos para quedarme debajo de mi edredón, comiendo helado directamente del bote, mientras intentaba no pensar en el desastre monumental que había causado.

Y claro, en todo lo que había pasado con Adam.

O mejor dicho, en todo lo que había arruinado con Adam.

A mi alrededor, el desorden habitual de mi apartamento me parecía más reconfortante que nunca. Ropa tirada por todas partes, la luz del día colándose por las cortinas cerradas, y la pantalla de mi móvil parpadeando sin cesar desde la mesita de noche. Adam me había llamado como... ¿cuántas veces? ¿Cinco? ¿Diez? Catorce. Contadas.

No lo miraba por miedo a que apareciera un mensaje de voz o, peor, un mensaje de texto. Algo en plan: "Harper, tenemos que hablar". Sabía que teníamos que hablar, pero no estaba lista para escuchar lo que tenía que decirme. Sabía que no sería bonito.

—No puedo... —murmuré mientras me hundía más entre las sábanas, como si esconderme bajo tropecientas capas de tela fuera a resolver algo. Era muy consciente de que lo que había pasado entre nosotros había sido mágico, especial... hasta que decidí volver a la fiesta, descolocada y feliz, y todo se fue a la mierda.

El gran momento de Harper Keller: la venganza. ¿Cómo había llegado a creer que podía hacerlo sin consecuencias? *Oh, claro. Porque soy brillante. Un genio del desastre.*

Volví a taparme la cara con el edredón, queriendo desaparecer de la faz de la Tierra. Pero entonces, un recuerdo me golpeó como una ráfaga de aire frío: la tablet. Mi mano automáticamente se deslizó hacia donde solía dejarla, pero obviamente no estaba. Porque claro, la dejé en la mesa del DJ cuando decidí seguir a Adam a su oficina. La dejé allí, a merced de su ayudante, que, según parecía, decidió proyectar absolutamente todo lo que contenía mi plan de venganza. Los emails de la vergüenza.

—Estúpida, estúpida... —me susurré a mí misma mientras daba vueltas en la cama, intentando no recordar el momento exacto en que vi proyectados los correos, los chismes, y los secretos que se suponía que iban a ser parte de un pequeño espectáculo controlado y no de una catástrofe viral.

Mi teléfono vibró de nuevo, rompiendo mi cadena de pensamientos autodestructivos. Lo miré de reojo. Adam.

No podía. No iba a contestar. ¿Qué se suponía que iba a decirle? *"Hey, lo siento por destruir la reputación de media oficina y convertir la fiesta de Halloween en una pesadilla, pero oye, ese rato en tu oficina estuvo genial, ¿no crees?".*

Me estremecí solo con imaginar la conversación. Lo más probable era que me llamara para gritarme hasta quedarse sin aire. El tono de Adam cuando volvió a la fiesta no había sido precisamente amistoso. Y ahora, después de todo, no tenía ninguna duda de que no querría volver a verme en su vida.

O en la oficina.

Definitivamente, no podía volver a la oficina.

No el lunes.

Ni nunca.

Voy a tener que renunciar oficialmente por correo electrónico.

Aquel simple pensamiento me hizo soltar una risa amarga. Irónico, ¿no? Yo, que había planeado dejar mi trabajo de forma "elegante" y profesional, con una cuidada carta, ahora tendría que enviarla por email, escondida en mi apartamento, después de que mi plan saliera horriblemente mal.

Me levanté, al menos lo intenté, para ir a la cocina en busca de más helado. Pero mi reflejo en el espejo del pasillo me detuvo.

Vaya pintas, Harper.

Mi pelo parecía un nido de pájaros mal gestionado, y el maquillaje de la noche anterior, bueno... eso sí que daba miedo. Podría haber sido perfectamente uno de los personajes de la fiesta sin necesidad de disfraz.

Suspiré y me dejé caer en el sofá, abrazando la manta que tenía allí. ¿Qué había pasado conmigo? Quería desaparecer del radar. Quería que Adam dejara de llamarme. Pero al mismo tiempo, cada vez que veía su nombre en la pantalla, sentía una punzada en el pecho, una pequeña parte de mí deseando que lo que había pasado entre nosotros aquella noche no fuera una simple casualidad. Que hubiera significado algo más.

¿Y si la cagaste con él también, Harper?

Lo peor de todo era que no podía dejar de pensar en ese momento, en lo que me dijo, en cómo me miró. ¿Adam, el jefe reservado y serio, había estado enamorado de mí todo este tiempo?

Y ahora, después de lo que había hecho, lo había arruinado todo, no solo mi carrera, sino también cualquier posibilidad con él. Me lo imaginaba cabreado, apretando el móvil con fuerza, listo para soltarme una reprimenda épica por teléfono. Y aunque parte de mí sabía que lo merecía, la otra temía que sus palabras fueran mucho más duras de lo que yo estaba preparada para escuchar.

No podía volver el lunes.

Eso estaba claro.

Cerré los ojos y me acurruqué en el sofá, tratando de no pensar en lo que vendría. En cómo tendría que afrontar la vida sin ese trabajo, sin Adam, sin ni siquiera un plan B. Durante semanas había estado deseando largarme de allí, y ahora que lo tenía todo en bandeja... ahora que era el momento perfecto para desaparecer, me sentía completamente perdida.

¿Por qué diablos me había tenido que dejar llevar por el enfado, por esa estúpida idea de la venganza? Y encima, ni siquiera lo había hecho bien. El universo se estaba riendo en mi cara, claramente.

Mi teléfono vibró de nuevo.

—Adam, por favor... —suspiré. Pero no era él. Esta vez era Amanda. Mi estómago dio un vuelco al ver su nombre. Si me estaba llamando era porque probablemente ya se había enterado de todo lo que había salido a la luz en los correos. Oh, Dios.

Bloqueé la pantalla de inmediato y tiré el teléfono en el sillón.

Lunes. ¿Qué voy a hacer el lunes?

Quizá lo mejor sería desaparecer. Una bomba de humo en toda regla. Coger un vuelo, irme a otra ciudad y comenzar desde cero. Yo que sé. Hasta podía cambiarme de nombre. ¿Es fácil cambiarse de nombre?

Cogí mi ordenador portátil y se lo pregunté a Google.

Al menos, si me iba a otra ciudad, allí nadie sabría que fui la organizadora de la peor fiesta de Halloween en la historia de las agencias de publicidad.

Pero entonces, un pensamiento más fuerte surgió en mi cabeza: Adam no me llamaría tantas veces solo para gritarme, ¿verdad?

¿Verdad?

CAPÍTULO 8

ADAM

El lunes había empezado con una sensación de vacío. La oficina, normalmente bulliciosa a esta hora, parecía más apagada. Pero el verdadero motivo de esa sensación era más personal.

Harper no había venido a trabajar.

Y no había contestado ni una sola de mis llamadas durante el fin de semana. Cada vez que veía su nombre entre los contactos de mi teléfono, sentía la esperanza de que al menos pudiera responderme, darme alguna señal de que no se estaba escondiendo de mí. Pero nada. El vacío seguía ahí, y con él, la sensación de que las cosas se estaban escapando de mi control.

La resaca de la fiesta aún resonaba en la oficina, casi tres días después. No podía dejar de pensar en el lío que se formó. ¿Cómo había llegado todo a ese punto? Los strippers, los emails proyectados... parecía una pesadilla. Pero lo que más me dolía era ver cómo Harper, después de todo lo que había pasado esa noche en mi oficina, de toda aquella sublime perfección entre nosotros; había huido, como si no pudiera enfrentarse a lo que había sucedido. ¿Y si ella creía que yo también estaba enfadado por lo que ocurrió?

Me recosté en la silla de mi despacho, mirando la pantalla de mi ordenador sin realmente ver nada. Tenía que hablar con ella. No podía dejar las cosas así; no podía dejar que Harper pensara que había arruinado todo. Aunque, en términos laborales, las cosas se complicaban.

La reunión de esa mañana a primera hora con la directora de Recursos Humanos había sido una de las más difíciles que había tenido en mi vida.

Amanda y Dennis, dos de los empleados más tóxicos que había tenido el disgusto de conocer, iban a ser despedidos. El ambiente en la oficina se había vuelto tan insostenible por su culpa que otros empleados, inspirados por lo que sucedió en la fiesta, habían empezado a destapar más casos de malos tratos y sabotajes. Amanda había creado un ambiente de rivalidades venenosas, y Dennis no se quedaba atrás; con sus chismes y propagación de rumores constantes.

—Adam, hemos decidido ofrecerles una indemnización para que se vayan discretamente —anunció Sophie, la directora de Recursos Humanos, con una mirada seria.

Era la mejor opción. Aunque me dolía que no fueran a salir por la puerta principal con la cabeza baja, al menos se irían.

Asentí, aceptando la decisión. No podía negar que una parte de mí sentía alivio por haber resuelto el problema, pero luego, en el fondo, había algo más que no me dejaba tranquilo. Harper también estaba en esa lista.

—Sobre Harper Keller... —Sophie continuó, con una mirada más compasiva—. Está claro que su participación en lo sucedido en la fiesta fue... significativa. Lo de los strippers, los correos electrónicos... Fue demasiado. No tenemos otra opción que despedirla también, Adam. Los emails estaban en su *tablet*.

Me dolía oírlo, aunque sabía que Sophie tenía razón. La fiesta había sido un desastre en más de un sentido, y Harper era, de alguna manera, responsable de lo ocurrido. Pero la idea de que ella se fuera, así, sin más, me revolvía el estómago.

—Sí, lo entiendo —murmuré, apretando los labios.

Lo que Sophie no sabía, y lo que yo no había compartido con nadie, era que Harper ya había decidido marcharse. Tenía todavía su carta de renuncia a buen recaudo en mi mesa. Y la encontré el mismo día que le pedí organizar la fiesta. Si la hubiera entregado, todo esto habría sido más sencillo. No hubiese habido fiesta, no habría emails proyectados ni strippers. Pero tampoco existiría esa noche increíble en mi oficina, cuando finalmente, después de años de reprimir mis sentimientos, la tuve entre mis brazos.

Suspiré y volví mi atención a Sophie.

—Escucha, Sophie, quiero que Harper reciba una indemnización también. Que todo parezca parte de este despido colectivo. Quiero que al menos pueda tener un poco de estabilidad económica cuando salga de aquí.

Sophie me miró sorprendida, pero asintió. No hizo más preguntas. Con la filtración de esos correos electrónicos privados podían despedirla de forma procedente y la empresa no le debería nada. Me estaba jugando el cuello por Harper, pero no me importaba. No podía permitir que se fuera sin nada.

—De acuerdo. Lo haremos de esa forma —respondió Sophie finalmente, antes de despedirse para ultimar los detalles con el equipo legal.

Me quedé solo en mi despacho, acusando el peso de todo lo que había pasado. No iba a ser fácil enfrentarme a Harper después de todo esto, pero no podía dejar las cosas así.

Tenía que verla. Como fuese.

El viernes había sido una brutal montaña rusa de emociones. La confesión, el beso, el momento íntimo que compartimos en mi despacho... todo había sido real. Pasé la mano por aquella mesa...y mi imaginación voló por enésima vez.

Y ahora, con el desastre de la fiesta aún flotando en el ambiente, sentía que estaba perdiendo a Harper antes de haber tenido la oportunidad de tener algo con ella.

Me levanté de mi silla, decidido. No iba a pasar otro día esperando que ella me contestara el teléfono. Iba a ir a su casa. Tenía su dirección en mi base de datos. Era un tanto inapropiado utilizarla para esto, lo sabía, pero no me importaba. Necesitaba hablar con ella cara a cara, decirle lo que sentía por si no había quedado suficientemente claro y, sobre todo, asegurarme de que entendiese que no estaba enfadado.

Que lo que había pasado entre nosotros significaba mucho más que cualquier incidente en la oficina. Además, quería que conociera la situación de los despidos por mí mismo, antes de que Sophie la contactase.

Se me encendió la bombilla. Me cambié de ropa a toda prisa allí mismo, en mi despacho; y recogí mis cosas, ignorando las miradas curiosas de los empleados que pululaban por allí. Sabía que algunos se estaban preguntando cómo iba a manejar el desastre y tal vez lo que veían no les dejaba muy tranquilos, pero la verdad era que en ese momento solo me importaba una cosa: Harper.

Salí del edificio y detuve el primer taxi que pasó. El tráfico de Nueva York no me importaba. Cada minuto que pasaba sin verla era otra eternidad más.

Mientras circulábamos, repasaba mentalmente lo que iba a decir. Tenía que ser sincero, abrirme con ella. Ya no podía camuflar mis sentimientos, ni detrás de mi rol de jefe ni de ninguna excusa. Harper tenía que saber que la quería. Que las cosas que le dije no fueron solo efecto de mi testosterona desbocada.

El cielo estaba cubierto, como si reflejara mi estado de ánimo. Pero a medida que me acercaba a su apartamento, la esperanza comenzaba a florecer de nuevo en mi interior. Tal vez si le explicaba todo, si lograba que me escuchara, aún habría una oportunidad para nosotros.

El taxi se detuvo frente a su edificio. Me bajé del coche, respiré hondo y me dirigí hacia su puerta, ajeno a las miradas que despertaba mi atuendo.

CAPÍTULO 9

HARPER
Para lo que me quedaba en el convento... decidí hacerme devota del consumismo *online*. Amazon Prime era mi nueva religión. Ya era lunes, y yo seguía en mi miserable pijama compuesto por camiseta gigante y bragas, rodeada de una fortaleza de cajas vacías y papeles de burbuja.

Todo lo que había hecho el fin de semana había sido comprar cosas inútiles para aplacar mi tristeza: unas velas aromáticas, unos cojines con estampados geométricos que no pegaban con nada en mi casa, y un par de fundas para el sofá que ni siquiera sabía si servirían.

Cuando el timbre sonó, suspiré. Seguramente sería otro repartidor de Amazon trayendo algo que no recordaba haber pedido. Me arrastré hacia la puerta, medio dormida, con el pelo revuelto y la camiseta torcida. No me podía importar menos cómo me veía. Para el repartidor sería solo una más de sus muchas entregas.

Abrí la puerta sin pensar, bostezando, cuando de repente me encontré cara a cara con un... asesino en serie. Una máscara terrible.

Grité. Grité con todas mis fuerzas.

—¡Aaaaahhh! —grité como si mi vida dependiera de ello, y de un portazo cerré la puerta en la cara de ese maníaco. Mi corazón latía desbocado. ¿Qué demonios hacía un tipo disfrazado del asesino de la película *Halloween* en la puerta de mi apartamento? ¿Había pasado ya Halloween? ¡¿Me había perdido el fin del mundo?!

Corrí hacia la cocina, buscando un cuchillo o algo con lo que defenderme, cuando de repente me vino a la cabeza un detalle importante. El disfraz.

Ese disfraz lo había visto antes. En la fiesta.

Oh, Dios. Era Adam. El mismo disfraz que llevaba en la maldita fiesta. Me detuve en seco, con una mano en la puerta del armario de los cuchillos. ¿Había sido yo tan estúpida como para cerrarle la puerta en la cara?

Tomé aire, me aparté el pelo de la cara y volví a la puerta. Quizás no lo había matado del susto todavía.

—¿Adam? —pregunté, asomándome por la mirilla, tratando de no sonar aterrorizada.

—Soy yo, Harper —respondió con su habitual calma.

Abrí la puerta de golpe, con una mueca de disculpa, y me encontré con Adam aún allí, disfrazado de psicópata, mirándome como si acabara de pasarle el camión de la basura por encima.

—¡Dios! Perdón, pensaba que eras un asesino en serie. ¿Qué demonios haces aquí con eso puesto?

Él me miró con una ceja arqueada y una ligera sonrisa en los labios.

—No sabía que este disfraz fuera tan efectivo fuera de contexto. Pero en fin, me alegra ver que aún gritas con fuerza —bromeó, quitándose la máscara y revelando su rostro, que parecía más preocupado que de costumbre.

—Sí, bueno, ¡lo conseguí! —exclamé, aún aturdida por todo el espectáculo—. Si la idea era asustarme a muerte, misión cumplida. ¿Qué haces aquí? ¿Ha llegado el momento de echarme la bronca final?

Adam suspiró, entrando sin que yo lo invitara. Avanzó hacia el salón, donde mi desastre de fin de semana lo recibió con cajas abiertas y envoltorios por doquier. Me crucé de brazos, sabiendo que esto iba a ser incómodo.

—No, no he venido a echarte ninguna bronca —dijo, mirándome con sus intensos ojos oscuros—. He venido porque... tenemos que hablar, Harper. Sobre todo lo que ha pasado. Sobre la fiesta, sobre ti, sobre nosotros. Ya que no has venido hoy a la oficina ni me has cogido el teléfono...

Mi corazón comenzó a latir de nuevo, pero no por el susto de antes. Por lo que él significaba para mí. Aún no estaba lista para admitirlo, ni siquiera para aceptarlo. Y menos después del desastre del viernes.

—Si es por lo de los emails... —dije, tratando de evitar el tema más difícil—. Mira, lo siento mucho. Hablé con Amanda y Dennis este fin de semana. Les pedí disculpas, aunque me odien y sean unas víboras. No quería arruinar la vida de nadie, Adam. Solo... solo estaba muy enfadada y...

Él me interrumpió, caminando hacia mí.

—No te preocupes por ellos. Ya no están. Recursos Humanos se ha encargado de despedirlos. Era cuestión de tiempo.

Me quedé con la boca abierta. ¿Amanda y Dennis, despedidos? Sabía que eran tóxicos, pero... ¿se habían ido así, de repente?

—¿Cómo...? ¿Por qué?

Adam se encogió de hombros, como si aquello no fuera muy relevante.

—Porque eran un problema y lo sospechábamos desde hacía tiempo. Y aunque lo de los emails fue un accidente, todo el ambiente que crearon en la oficina era insostenible. Pero no he venido aquí para hablar de ellos. Harper...

Tragué saliva, casi palpando la tensión en el aire. Sabía que esto venía, pero no estaba preparada. No después de todo lo que había sucedido en la fiesta y lo que había ocurrido entre nosotros en su despacho. Y encima estaba hecha un desastre.

—Mira, ya sé que estoy despedida. Es lo justo. Ya he asumido que no puedo volver a la oficina, y... —comencé a balbucear, pero él me interrumpió de nuevo.

—Sí, estás despedida. Pero no es tan malo como piensas. Te hemos conseguido una indemnización. Así que no tendrás que preocuparte por el dinero por un tiempo —dijo, sonriendo con una ternura que me dejó helada.

—¿En serio? —me llevé la mano a la boca, sin poder creerlo. Me iban a pagar por liarla parda. Tenía que reírme.

Adam asintió, pero había algo más en su mirada, algo que no estaba relacionado con el trabajo. Sus ojos buscaban los míos con una intensidad que me hacía sentir desnuda, y no solo porque literalmente solo llevaba una camiseta y unas bragas. Mis pezones se revelaban contra la tela que los cubría, y él no podía apartar los ojos de mi cuerpo...

—Harper, no me importa la fiesta ni el pitote que causaste. Lo que me importa es que... no puedo sacarte de mi cabeza. No he podido... desde hace años.

Me quedé paralizada, sintiendo que el suelo bajo mis pies se desvanecía.

—¿Años...? —repetí, como si eso fuera lo más importante de su discurso.

Adam dio un paso más hacia mí, tan cerca que casi podía sentir su calor.

—Te lo dije el viernes, pero te lo repito. Estoy enamorado de ti, Harper Keller. Lo he estado desde que te vi por primera vez. He intentado mantener la distancia, ser profesional, pero ya no puedo más. No quiero perderte, no ahora que finalmente sé que podría haber algo entre nosotros. Y da la casualidad de que...ya no trabajamos juntos.

Mis rodillas temblaban, y no era por el frío. Todo lo que había estado sintiendo durante el fin de semana, toda la confusión y el miedo, se disolvieron en el aire al escuchar esas palabras. Él estaba enamorado de mí. Y aunque intenté, con todas mis fuerzas, mantener la compostura, las lágrimas comenzaron a brotar de mis ojos.

—¿Pero entonces es cierto? ¿Tú... tú estás...? —no pude terminar la frase, porque Adam ya estaba besándome.

Fue un beso lento, suave, pero cargado de todo lo que no habíamos dicho hasta ese momento.

No había preguntas, ni dudas. Solo la certeza de que, a pesar de toda la vorágine, *nosotros* éramos lo único que importaba.

Cuando finalmente nos separamos, con la respiración entrecortada, Adam me miró a los ojos y sonrió.

—No voy a dejarte ir, Harper. No vas a salir de mi vida.

Reí entre lágrimas, y lo abracé con todas mis fuerzas. Por primera vez en mucho tiempo, sentí que todo estaba en su lugar.

—Supongo que tendré que dejar de usar mi pijama de batalla, entonces.

Y él se rió, como si todo el peso del mundo se hubiera desintegrado de un plumazo. Teníamos nuestro propio final feliz, a pesar de todo y de todos. Aunque más que final, desde ahí parecía más bien un principio infinito.

EPÍLOGO

Un año después...
HARPER

Hace un año, si alguien me hubiera dicho que estaría pasando la noche de Halloween en el ático de mi exjefe —y actual novio— viendo películas de terror y comiendo palomitas, me habría reído en su cara. O tal vez le habría preguntado qué clase de drogas estaba tomando para poder tener esa clase de imaginación tan vívida.

Pero aquí estamos.

—¿Seguro que no quieres ver algo más... alegre? —le pregunto, mirando de reojo la pantalla de la tele, donde una chica en camisón corre descalza por un bosque oscuro. Una decisión brillante, por cierto. Porque, claro, las criaturas sedientas de sangre *nunca* te atrapan cuando vas sin zapatos.

Adam, sentado a mi lado en el sofá, me pasa el bol gigante de palomitas. Tiene la misma sonrisa traviesa que pone cada vez que sabe que tiene ventaja en algo.

—Vamos, Harper. Sabes que adoras esto. Ya es nuestra tradición.

Le da un sorbo a su cerveza y estira las piernas, apoyándolas en la mesita de centro. Con ese aspecto relajado, y el pelo un poco despeinado, no puedo evitar pensar que incluso hace que el terror tenga su lado sexy. Aunque eso lo sabía desde hace mucho. No es como si lo hubiera visto en mi rellano con un disfraz de asesino hace exactamente un año, ¿verdad?

Resoplo y finjo que me aburro, pero en realidad, me encanta. Aunque nunca se lo diré. Tiene que haber algo de misterio en esta relación.

—Claro, nuestra tradición —murmuro, haciendo énfasis en "nuestra", como si no llevara la cuenta exacta de los días desde que aquella fiesta de Halloween cambió toda mi vida.

No puedo evitar mirar alrededor. El ático de Adam... bueno, *nuestro* ático, es una mezcla perfecta de estilos. Yo puse mi toque en la decoración, y él aceptó con la condición de que su colección de vinilos no se tocara. Me hice la dura al principio, pero, en fin, era imposible no ceder. Además, ¿quién iba a quejarse de un novio con buen gusto musical y una casa con vistas a toda la ciudad?

—¿Estás distraída? —su tono es provocador, y cuando me giro, tiene esa mirada juguetona que me derrite. Se acerca un poco más y me quita el bol de palomitas de las manos, dejándolo a un lado.

—Solo estaba pensando en lo afortunada que soy de estar contigo —respondo, exagerando el tono con una voz melosa y cursi.

Adam se ríe, esa risa baja y cálida que me hizo perder la cabeza desde el principio y que jamás afloraba en la oficina.

—Oh, por favor, Keller, no intentes jugar conmigo. Sé que estabas planeando algo. Siempre lo haces — se inclina hacia mí y siento su aliento cálido en mi cuello. Esa familiar electricidad entre nosotros empieza a correr por mi cuerpo con alegría.

—Planear, ¿yo? —hago una mueca exagerada de inocencia. Pero ya me conoce demasiado bien.

—Ajá, lo sé —murmura, y luego me besa, suavemente al principio, pero pronto pasa a ser más intenso. Es como si el tiempo no hubiera pasado desde la primera vez. Cada vez que me besa, me siento igual de descolocada y loca por él.

Un año después, y todavía consigue que me falte el aire.

—De acuerdo —digo, apartándome un poco para recuperar la compostura, aunque apenas puedo pensar con claridad—. Lo admito. No puedo creer que haya pasado un año desde esa maldita fiesta.

—¿Quién lo diría? —Adam me mira con una sonrisa satisfecha, recordando cada detalle—. Y pensar que estabas a punto de irte...

—Bueno, tienes que agradecerle a esos strippers por el espectáculo. Si no fuera por ellos, puede que no hubiese pasado nada entre nosotros —me río, recordando la caótica noche en la que todo salió de control.

—Ah, sí, claro. Los strippers. Debería mandarles una cesta de regalo.

Le doy un codazo suave.

—No seas imbécil. Lo digo en serio. Aquella fiesta fue un desastre... Pero al final, de alguna manera, funcionó, ¿no?

Adam asiente, pero su expresión se suaviza. Me agarra de la mano y me mira directamente a los ojos. Es una de esas miradas que todavía me desarman.

—Funcionó porque nosotros funcionamos, Harper. Eso es lo que importa. Lo demás... solo fue un show interesante.

Sonríe y besa mi mano.

Me quedo en silencio por un momento, asimilando todo lo que ha pasado desde entonces.

Ahora tengo un trabajo que me encanta como creativa en una revista de moda. Adam y yo vivimos juntos, en este ático increíble, y cada día me despierto sintiéndome un poco más afortunada, aunque jamás lo admitiría en voz alta. No se puede dar esa ventaja a un hombre como él.

—Hablando de shows interesantes —digo, cambiando el tono de la conversación—, ¿sabes que he preparado algo especial para esta noche?

Adam estira un poco el cuello, intrigado.

—¿Especial? ¿Más que nuestra maratón de pelis de terror y palomitas? ¿Qué podría superar eso?

Me inclino hacia él, mordiéndome el labio, y le susurro al oído:

—Te lo diré más tarde en el dormitorio. Si es que puedes sobrevivir a *Halloween* sin gritar como un niño.

Su expresión cambia de inmediato. De la risa al desafío en un segundo.

—¿Gritar yo? —finge ofenderse—. Por favor, Harper, si alguien grita aquí, no seré yo.

Nos miramos durante un par de segundos, y entonces ambos rompemos a reír. Todo es tan fácil con Adam, incluso después de un año. Quizás por eso esta relación funciona tan bien. Nos entendemos y podemos ser nosotros mismos, sin filtros, sin apariencias. Eso es lo más valioso de todo. Y aunque a veces intento protegerme con mi cinismo desbordante, la verdad es que no me imagino un lugar mejor donde estar. Ni una compañía mejor.

—Bueno —digo, levantándome y estirándome con exageración—, será mejor que vayas preparándote para perder esta noche. Porque ya sabes cómo termina la película: yo siempre gano.

Adam se pone de pie, con esa media sonrisa que me encanta.

—Ah, Keller, no me canso de verte intentar las cosas.

Me agarra de la cintura y me besa una vez más, esta vez sin prisa, sin distracciones. Y mientras estoy allí, envuelta en su abrazo, en nuestra pequeña burbuja de felicidad, me doy cuenta de que, por una vez, estoy exactamente donde quiero estar.

—Feliz Halloween, cariño —murmura contra mis labios.

—Feliz Halloween —respondo, sonriendo mientras lo arrastro hacia la habitación—. Y que empiece el verdadero terror.

Y sí, el terror siempre es mucho más divertido cuando lo compartes con alguien que te quiere y te desea.

Milton Keynes UK
Ingram Content Group UK Ltd.
UKHW030850111124
451035UK00001B/190